A la caza del último
hombre salvaje

A la caza del último hombre

salvaje

Ángela Vallvey

Siete Cuentos Editorial, Nueva York,

Seven Stories Press / Siete Cuentos Editorial
140 Watts Street
New York, NY 10013
www.sevenstories.com

En Canada: Hushion House, 36 Northline Road, Toronto, Ontario M4B 3E2

Vallvey, Angela, 1964-
    A la caza del último hombre salvaje / Angela Vallvey.-1. ed. E.E.U.U.
    p. cm.
    ISBN 1-58322-271-5 (pbk.)
    I. Title.

PQ6672.A573 A62 2001
863'.64-dc21   2001041125

Profesores de universidad pueden obtener ejemplares para revisión sin costo alguno, por un periodo de seis (6) meses, directamente de Siete Cuentos Editorial/Seven Stories Press. Para hacer su pedido, por favor ir al www.sevenstories.com/textbook, o enviar un fax en el papel oficial de la universidad al 212 226 1411.

Diseño carátula por Cindy LaBreacht

Impreso en EEUU.

9 8 7 6 5 4 3 2 1

A las mujercitas aquellas,
a estas y a todas las demás.

1

M e están buscando ahora mismo para rebanarme el pescuezo; con toda seguridad hay ahí fuera todo un pequeño ejército de piraos armados de jerin-guillas cargadas de Sida, de sirles con lo mismo y de malas intenciones que andan detrás de mí como si yo fuera el arca perdida. Estupendo. Debería estar localizando exteriores para cuando tengan que enterrarme; o mejor: un buen agujero donde esconderme hasta que pase todo y, sin embargo, ando por aquí, oyendo a una quejica que dice ser mi hermana desde que éramos pequeñas. En realidad puede que ni siquiera seamos parientes políticas. No se parece en nada a mí.

A pesar de mis problemas y de sus lastimeras confesiones, la miro con ternura, como si no pudiera evitarlo. Es mi hermana preferida, al fin y al cabo.

Relájate, nena, me digo. Deja que ese montón de energía chunga que llevas encima se te caiga como la caspa, desde la cabeza hasta el sofá, y allí se quede pegada. Relájate, nena.

—Qué extraña es la vida —dice mi hermana Gádor.

—¿Comparada con qué? —murmuro yo, a modo de respuesta.

Ella se queda pensativa, aunque no creo que pensando llegue

muy lejos, porque siempre se pierde si se la saca de los trayectos habituales, y ése no es uno que ella esté acostumbrada a transitar.

Detesto que me hablen de la vida, porque invariablemente me recuerda a la muerte; un asunto que evito, por razones obvias, aunque con escaso éxito, y al que sólo me enfrentaré de manera definitiva al final de todo, cuando ya no me quede más remedio. Por ahora, para mí la muerte no es más que una manera de ganarme la vida.

Sin embargo, Gádor me hace recapacitar fugazmente sobre esos enojosos asuntos, la vida y la muerte, a pesar de mi natural reticencia a tomarme la molestia.

Mirando el manojo de nervios que está hecha mi hermana —mi hermana embarazada, desesperada, menguada y triste—, viéndola con sus ojos hinchados de llanto, pasándose la mano suavemente por el vientre, como al descuido, no puedo evitar pensar en la vida y en la muerte. Y si tengo en cuenta que debo llevar a varios calorros detrás de mis talones, deseando ponerme las manos alrededor del gaznate..., la meditación es inevitable.

Alguien sostuvo una vez que los dos estados, la vida y la muerte, eran iguales, que no se los podía distinguir. «¿Por qué estás vivo, pues, por qué, entonces, no te suicidas?», le preguntaron. Y él respondió: «Porque no habría ninguna diferencia.»

Personalmente, en este asunto, yo procuro seguir los consejos de Epicuro. No temas a la muerte y no temerás a la vida. La muerte es nada para mí, puesto que estoy viva. Y una vez muerta..., ¿qué carajo puede importarme?

Me lo repito varias veces, pero no acabo de estar convencida.

Me tiemblan las piernas, y estoy sudando. No recordaba que sabía sudar. De pequeñas, Gádor me decía que yo era tan elegante que no sabía sudar ni tirarme pedos. Lo que parecía aproximadamente cierto.

—¿Por qué todo es tan extraño, Candela? —insiste Gádor.

—Calma, de verdad... Creo que deberías calmarte.

—Es que no soporto la vida... —Parece verdaderamente ofuscada y deprimida—. El mundo es una mierda... Yo no estoy de acuerdo con ella. Creo, a pesar de todo, que il nostro è il migliore dei mondi possibili. Lo que no sé si es un gran consuelo, en realidad, ahora que lo pienso.

Trato de tranquilizarla, y necesito que alguien haga lo mismo conmigo, aunque opto por callarme y no pedir lo que ni yo puedo dar.

—Venga ya, Candela, es que... No me jodas —responde mi hermana, entre sollozos—. Si éste es el mejor de los mundos posibles, vaya posibilidades que había... ¡Vaya putas posibilidades...! ¡Como si me dices que qué suerte porque he ganado a la lotería un tiro en el ojo!

—Es posible que, en verdad, ni siquiera hubiese posibilidades... O sea, que deberíamos estar más que contentos, y...

—La miro con dulzura, pero Gádor parece no comprender—. En fin, el caso es que aquí estamos, ¿no? Deja ya de llorar, eso es todo lo que tienes que hacer.

—Claro, para ti es fácil. Es que tú no estás preñada. Pero yo sí.

—Oye, oye... ¡Para el carro! —Me agito nerviosa y titubeo—. Yo no tengo la culpa de que tú estés embarazada, ¿te enteras? Así que no la pagues conmigo, ¿estamos?

—¡Aggg!, ¡sí, eso!, ¡grítame tú también!

—¡Tranquila, tranquila!, ¡no te grito, no te grito! —le digo, gritándole.

—Dame una servilleta, ¡no, ésa no! ¡Es que quiero limpiarme los mocos! —Me señala alternativamente diversos rincones de la habitación, y yo correteo sumisamente en busca de cualquier cosa que ella me pida—. Tráeme el rollo de papel higiénico. Eso me servirá.

Se suena ruidosamente y parece relajarse un poco.

—¡Si al menos tuviera un trabajo! —gime—. No porque me guste trabajar, sino porque así podría salir de casa... Pero como todos estamos viviendo del paro... Así son las cosas hoy día.

—Es verdad... Sí.

—¿Te acuerdas del colegio? Es que cuando me preguntaban qué profesión tenía papá yo escribía «obrero». Eso parecía algo, es que parecía algo y todo. Pero ahora... Yo, yo... —vuelve a sollozar como un cachorrito—, yo sería también la hostia de obrera si encontrara un trabajo. Sólo quiero que lo sepas.

Aquello de «Dios, qué buen vasallo si tuviera buen señor»...

La contemplo con atención y me parece mentira que ese montón de tetas debajo de un viejo jersey azul de lana, lleno de roces y de enganches, sea mi hermana mayor.

El tiempo es algo obsceno, sobre todo cuando se ha perdido mucho ya; y a la mayoría de nosotros nos pasa como a los relojes: sólo sabemos perder el tiempo. Gádor en eso ha sido una especialista. Fue una niña preciosa, de muslos duros y piel pecosa y delicada; y ahora no puedo recordar siquiera de qué color tiene el pelo. Lo miro concentrándome. Es de un pelirrojo imposible, tirando a cobrizo, y semeja más bien uno de esos tintes mágicos para la ropa. Cambia tanto su color de pelo que es difícil reconocerla de un día para otro si sólo la ven de espaldas por la calle.

A pesar de su aspecto, siento que quiero a Gádor con todas mis fuerzas. El cerdo es hermoso para el cerdo. Amo su cara porcina y su olor, su desesperanza y las arrugas que empiezan a aparecerle alrededor de los ojos, como si los estuvieran sitiando. Además, me ha puesto un vino soberbio, que dudo que haya comprado ella misma; y en este instante parece cierto que mi hermanita y yo formamos parte del todo del Universo.

Si desmembramos las partes del maldito Universo, ya no habrá Universo.

Trato de aparentar que estoy elegantemente sentada en el desgualdramillado sofá de este salón obrero-pero-con-aspiración-a-clase-media-tirando-a-baja-pero-no-muy-baja.

—Demócrates desaconsejaba tener hijos. —Doy un sorbo a mi vino, que me reconforta el estómago con un cierto calor y un agradable cosquilleo.

Gádor asiente con tono lastimero, aunque me consta que no sabe quién era el tipo que le acabo de nombrar.

—Ya... —dice fastidiada, como meditando; seguro que cree que se trata de algún médico que sale por la tele y le resulta insoportable no recordar exactamente en qué programa.

—De cualquier modo, tú ya tienes una hija. No necesitabas más... —Empieza a hipar de nuevo, y me pongo nerviosa; más nerviosa, quiero decir—. Bueno, yo te quiero, Gádor. Si eso te consuela.

—Ya. Vaya. Sí, claro... Lo sé, gracias... Yo es que también te quiero, ¿sabes?

Está bien ser una mujer y no tener que dar demasiadas vueltas para expresar los sentimientos. No sirve ni un pimiento a la hora de hacer recuento material de tus logros sociales, pero al menos una se permite el lujo de dar rienda suelta a su emotividad y lanzar la propia dicha, o la más miserable de las desgracias, hacia fuera, no importa si hallará o no receptáculo. Al menos el ridículo no suele ser insoportable.

Abrazo a Gádor, y ella se refugia en mi pecho. La noto fría y extrañamente suave al tacto, con una blandura que en un primer momento me hace sentir cierto rechazo. Al instante, me dejo llevar por su olor y su desvalimiento y la arrullo entre mis brazos mientras le digo bastantes paparruchas, que suenan en mis oídos a perfectas sandeces de una rancia cursilería, pero que en Gádor parecen tener efectos curativos.

Pasado ese momento de alta tensión emocional, nos acomodamos en el sofá, como dos viejos enamorados que acaban de reconciliarse y se disponen a pasar otra aburrida noche frente a la tele. Siento un cierto alivio porque parece que ya no tengo que seguir abrazando a mi hermana; y sin embargo hay en mí como un poso de nostalgia de sus brazos maternales, de su calor corporal.

Las dos miramos el televisor, que tiene el volumen al mínimo para que no despierte a la niña que duerme la siesta en uno de los dos dormitorios del piso. Ponían una película, *Nacido el 4 de julio*, que acaba de terminar, y cuya trama hemos ido siguiendo por ráfagas, según nuestro propio drama nos iba permitiendo prestar mayor o menor atención a la pantalla. Me alegro de que haya acabado porque, la verdad, era horrible pensar que Tom Cruise no tenía pene.

Lo cierto es que nunca me ha gustado Víctor, el marido de Gádor. Siempre me repelieron su corte de pelo demasiado atusado y sus rápidas y regulares miradas de reojo que parecen tan mecánicas como en los demás el parpadeo. Y ahora, después de hablar con mi hermana, siento hacia él sentimientos equívocos que oscilan entre la resignada aceptación de la biodiversidad y el regocijo ante las palabras del *Apocalipsis* de que pronto será el fin de todo, y habrá un nuevo Cielo y una nueva Tierra.

—Y ahí no acaba la cosa —continúa ella—. Lo peor es que es un jodido tacaño, no puedes hacerte ni idea. No sé dónde mete el dinero porque, lo que es yo, ni siquiera lo huelo. Estuvo trabajando en esa empresa, ya sabes, la del tipo del jaguar que se lió con la chica de Josefa, la de la pescadería. Es una constructora que no va nada mal, y él estuvo de encargado casi un año. Cuando terminó el contrato empezó a cobrar el paro, y además esa vieja alimaña de su madre le ha estado pasando dinero todos los meses. ¡Y sin embargo...! ¡Dios!, vamos al supermercado, los dos juntos, porque él tiene que controlar la cuenta, y me hace comprar esa cerveza que parece orina de cabra. «Compra ésa; está de oferta —me dice—, olvida las Mahous. Ésa vale a veinte pelas el tercio.» «¿¡Veinte pesetas el tercio!? —le pregunto yo siempre, casi a punto de llorar—, ¿y dónde la envasan?, ¿en el puto Chernobil...?»

—Su problema es, en fin... Yo creo que su problema es que es de esos tíos que tienen el culo justo en el sitio donde deberían tener el cerebro —le digo comprensivamente—. Pero no te preocupes, recoge tus cosas y nos vamos a casa.

—Jamás he podido beberme una birra decente, ni pedir una pizza por teléfono, ¡ni siquiera tengo teléfono! Pero él, claro, él tiene su teléfono móvil. Cómo no. Lo lleva siempre pegado al cinto con Superglú, o algo así, no hay manera de separarlo del bicho; como si fuera un llavero, o una costra en la bragueta. Le digo que para qué quiere un teléfono móvil si está parado y apenas podemos pagar las facturas, y yo ni siquiera puedo usarlo, pero Víctor dice que así está localizado, y que punto. Es que es verdad, es que así todo... No he podido comprarme unos pantys decentes en mi vida de casada, ni tener una crema para la cara decente que no vendan los negros en el jodido suelo del mercadillo de Benimaclet... —Me señala hacia el balcón, donde se filtra una suave luz a través de las gruesas e insípidas cortinas color crema—. Los geranios del balcón, joder, ¡fíjate en los geranios!, es que miran hacia abajo, como si estuviesen pensando en lanzarse al vacío; y todo porque el mamón no considera un gasto necesario comprar abono. Llegó a insinuarme que él mismo podía cagarse en ellos si todo lo que necesitaban para crecer sanos era un poco de mierda de vez en cuando.

—¿Te acuerdas de papá?

—Sí. —Se pone seria y sus labios se arrugan soñadoramente—. Él sí que era un hombre. Y, además, tenía buen corazón.

—Sí. Lástima que lo tuviera situado entre el hígado y la bragueta.

—¡Bah!, eso son menudencias. Yo preferiría, de todas todas, a papá antes que a Víctor, o a ninguno de los tíos indeseables que he conocido en toda mi vida. Sólo son buenos para..., nada. Buenos para nada, eso es. —Recapacita un poco, mirándose las manos detenidamente—. A mí, con los tíos, ¿entiendes?, es que siempre me ha pasado como con los melocotones: que me encantan, los toco todos, y al final siempre me como el que está más amargo.

—¿Te ayudo a hacer las maletas?

Gádor se recuesta sobre un almohadón y se frota los riñones, como si le dolieran.

—Vaya mierda que es la vida. Nacer, crecer, reproducirse,

morir... Menudo gasto inútil de energía. ¿Dónde se va toda cuando una la palma?

La miro, pero me niego a decir nada. Y yo qué narices sé, si no me he muerto nunca...

—¿Tú lo sabes, Candela? Es que, al fin y al cabo, ves fiambres todos los días.

—Todos los días, no.

—Pues casi todos, ¿no?

—No te creas... —Me fastidia este asunto, no sé cómo tengo que decirlo para que lo entiendan de una vez; prefiero hablar de boxeo o de las microesferas de Fox, pero no de esto.

—¿Qué pasa?, ¿es que anda flojo el negocio últimamente?

—Será mejor que hagamos las maletas, antes de que venga tu marido.

—Mi ex marido... —me corrige como si ya hubiera recibido los papeles del divorcio—. No te preocupes, no hay prisa. Es que está en casa de la mula de su madre, que tiene artrosis, y como ahora está parado ha ido a verla. Volverá dentro de un par de días o tres.

Se levanta con pesadez. Lleva casi ocho meses de embarazo y su espalda se inclina hacia atrás, tratando de hacer contrapeso. Con toda probabilidad, el primer mono erecto que hubo sobre la faz de la Tierra no fue mono, sino mona, estaba embarazada y la tripa le pesaba tanto que se irguió tratando de aliviar la insoportable presión que sentía sobre sus maltratados riñones, dando un pequeño paso para el «hombre» y un gran paso para la humanidad.

Gádor tiene veintiséis años, también ella es una mujer de los años noventa, pero no hace música ambient ni performances, ni ha recorrido la India en bicicleta; no cree que es especial, jamás obtendrá un máster ni será funcionaria del gobierno, no se hace tratar como una niña pequeña ni sabe qué versión hizo Freud de la tragedia de Edipo, ni siquiera que el viejo vienés se dedicara al teatro. Tiene las piernas hinchadas y lleva una falda a rayas que le tapa las rodillas.

—Sólo tengo veintiséis años, joder. Y ya lo he hecho todo: nacer, crecer, reproducirme... ¿Qué es lo último que me queda, a estas alturas? Me lo imagino, no creas, me imagino qué es...

—Venirte a casa —le digo—. Vivir un poco. Criar a tu hija, y a lo que venga... Podías haber abortado si no estabas segura de querer tenerlo —digo, dudando un poco.

—¿Abortar? —Agita las manos, desechando la idea como algo inimaginable para su pequeña cabecita, incapaz de concebir tantas ideas, por otra parte—. No hubiera podido. Los noto saltar dentro de mí desde los dos meses; como cacahuetes vivos, brincando... Sería como desalojar a un caracol de su concha, pero en humano, claro. Nadie ha dicho que los caracoles sean inquilinos, ni que tengan que pagar renta, ni a quién. Además, ya es demasiado tarde; sólo me faltaba que, ahora que sé que es niño y que se llama Rubén, le dijera al médico que a ver si me lo puede matar que es que me viene fatal parir el mes que viene.

—No sé... Tú misma. ¿Rubén?

—Sí, a Víctor y a mí nos gusta mucho ese nombre. Ahora me importa un pijo lo que a Víctor le guste o le deje de gustar; pero es que a mí me va ese nombre.— Se queda pensativa un momento, como tratando de recordar algo—. La tía Mariana me plantará en la calle cuando me vea llegar —dice, a punto de volver a gimotear.

—No lo hará.

—¿Y si lo hace?

—No la dejaremos. La abuela no la dejaría; ni Brandy, ni Bely, ni Carmina... Ni mamá. Y yo tampoco. Hasta la perra le ladraría si lo intentara.

Gádor sonríe tristemente.

—Claro, ella ladraría.

2

Busco la apàtheia, el dominio de las pasiones que me permita vivir mejor. La buscaron los estoicos y la busco yo. Me temo que aun con peores resultados que ellos.

Si alguien me preguntara de qué está hecha la vida, esa cosa tan extraña como dice Gádor, yo no contestaría que de átomos, quarks, misterios o emoción siquiera. Respondería que de condenadas sorpresas, aliñadas con esa especie de marranada intercósmica llamada caos.

Cuando era niña a menudo tenía la sensación de que los conjuntos de seres y objetos que me rodeaban formaban sistemas intensamente trastornados bajo su falsa apariencia de calma absoluta y mansa naturalidad. Ahora, aquello ya ha dejado de ser una simple sensación.

Fractales. Sólo somos fractales humanos.

Lo que me sigue maravillando es que, estando así el asunto, todavía el Sol alumbre y yo sea capaz de abrir los ojos cada mañana. Ese proceso inaudito de germinación, crecimiento y muerte que hay en todo lo que me rodea sigue fascinándome como si acabase de nacer pero ya tuviera conciencia de lo milagroso del proceso.

Éste es el mejor de los mundos posibles. El mejor —me repito una y otra vez—; a pesar de todo, el mejor...

—¿Cómo estás? —le pregunto a mi tía-abuela Mariana.

—Peor.

—Bueno... —La miro dubitativamente, porque no sé mirarla de otra manera—. Pero tú siempre has estado... peor, ¿no?

Sus ojos verdes rasgados y embadurnados de sombras de color azul clarito están hoy tan fríos como el culo de la Luna. Sus delgados labios, siempre formando el signo matemático del igual a, su pelo corto y canoso rizándose alrededor del óvalo de su cara y su nariz chata y extrañamente simétrica me hacen pensar que debió haber sido una belleza en otro tiempo. Ahora, toda ella no es más que una brazada de arrugas que hace que la piel de su cuerpo tenga el mismo aspecto que la de su bolso de cocodrilo. Le hicieron un lifting hace cuatro años, pero debajo de todo el pellejo macilento que le quitaron de la cara seguía estando ella misma.

Agarra la botella de Fundador y se sirve con generosidad en un vaso especial de su propio servicio de vajilla y cubertería (que guardamos aparte sólo para ella, pues teme coger alguna infección si utiliza la loza común de la cocina de nuestra casa). La oscuridad cae encima de la mesa y llena la habitación. Está anocheciendo y, por contraste, los ojos de la tía parecen esclarecerse. La vieja frunce los labios, y el signo igual a se transforma en un doble infinito.

—Hoy estoy más..., peor —dice. Y da un trago largo.

Me siento en el deber, malditos sean todos los deberes de este mundo y de cualquier otro, de preguntarle qué diablos le ocurre en esta ocasión. ¿Reumatismo? ¿Osteoporosis? ¿Celulitis? Enciendo la luz mientras ella parece elegir entre las varias posibilidades que la ciencia médica le ofrece hoy día.

—Creo que es una indigestión —termina aceptando, con una mezcla de impudor y desafío en su mirada—. A veces creo que la comida de tu madre no merece todo el dinero que le doy por ella.

Ya sabes que una cosa así, para una persona como yo, puede significar la muerte.

Eso de «una persona como yo» debe ser traducido por «alguien tan terriblemente viejo», pero como en realidad está convencida de que, a pesar de tener la edad del inventor de la rueda, es mucho más joven que mi madre, su sobrina, y que la mayoría de los habitantes del planeta, se niega a reconocerlo así, aunque apele a la edad, de manera contradictoria, como un recurso con que argumentar sus dolencias, imaginarias casi todas.

Lo cierto es que está en la edad cachonda. Sesenta y nueve años.

—Claro... —le digo malévolamente, procurando no morderme la lengua por si caigo fulminada por el veneno de mis propias palabras, como suele decirse—. A tu edad..., incluso la comida de mi madre...

La veo parpadear. Pues que parpadee, no te jode.

—¿Cómo que a mi edad, si tengo casi los mismos años que tu madre? Y eso que es mi sobrina.

—Sí, casi la misma edad, es verdad —le digo poniendo una estúpida expresión complaciente; la única que ella soporta en nosotras—. Total sólo eres veinte años mayor que mamá.

—Diecinueve... —gruñe mirándome fijamente, como si no diera crédito ante mi insolencia.

—¡Oh, eso quería decir...!

En ese momento entra mi madre en la cocina y la tía Mariana, algo desconcertada todavía, duda entre dedicarle a ella su enojo, que siempre le ofrece un mayor rendimiento en cólera contante y sonante, o continuar hurgando en mi impasible rostro y mi sentido del humor —peculiar, lo admito— que la desconcierta y no le ofrece demasiadas garantías de alcanzar el despedazamiento verbal más incruento y poco disimulado posible. De modo que opta por mi madre. Como si estuviese eligiendo entre las ofertas de dos bancos, se queda con el tipo de interés más alto posible para sus ahorros a plazo fijo..., en mala leche.

—¡Ela! —le grita a mamá la vieja rata—. ¿Dónde has estado, si se puede saber...?

Yo le retiro sin mayor ceremonia la botella de Fundador y la guardo en uno de los muebles botelleros que hay encima de la nevera. La tía Mary me contempla torvamente porque sabe que, para bajar la botella de allí, tendrá que subirse en una silla, cosa que es incapaz de hacer, o pedirle a alguien que se la alcance, con lo que tendría que reconocer que va a echar un traguito sin que venga a cuento, cuando se pasa la vida vaciando botellas con la alegre y expeditiva excusa de que están encima de la mesa.

—He tenido que salir a comprar, Mary, ¿ya sabes que Gádor se ha venido a casa? Hay que darle de comer a la niña. Que, por cierto, es muy delicada para las comidas... Deberías verla con la bola en los dos carrillos...—Mi madre empieza a sacar fruta de una bolsa de plástico, y luego leche, verduras congeladas y distintas variedades de carne envueltas en papel plastificado, que seguro le habrá dado Carmina.

—Mándala de nuevo con su marido. —La tía, enfurruñada, se aferra al vaso medio lleno de licor como si se tratara de una barandilla; quizá piensa que podría caerse al vacío si se atreve a soltarlo—. Candela, ¿tienes unas aceitunas de esas con anchoas por ahí? Lo que yo creo es que deberías ponerla en la calle y que ella arregle los problemas con su marido, a su manera... Tú no te metas.

Le pongo unas aceitunas que tienen una costra verdusca formada sobre el líquido que las recubre. Esparzo una buena porción de la plasta bacteriana sobre las aceitunas, una vez desaguadas, y se las sirvo con unos trocitos de pimiento morrón por encima, para disimular los restos enmohecidos.

—No puedo echarla, Mary. Por la niña, por... —Mi madre coloca la comida en el frigorífico o en el congelador, según corresponda a cada cosa, mientras habla—. Es mi hija. Está embarazada. Y Víctor, el marido...

—Mamá...—la interrumpo, no quiero que le cuente a la tía bruja los problemas íntimos de mi hermana. Le hago varias señas con los ojos, de espaldas a la tía Mariana, pero ella parece que no se da cuenta.

—Desde luego, es que el maridito... —continúa cotorreando mi madre, aunque afortunadamente no parece que vaya a irse de la lengua—. Por Dios, por Dios... Mira que yo nunca quise que se casara con él. Mira que se lo advertí. Que era muy joven, que no lo conocía bien...

—Mamá, tú no le advertiste nada, que yo recuerde. Que yo recuerde dudaste un poco cuando te dijo que se iba a casar, pero luego pensaste que era una buena manera de librarte de una de nosotras. Y no dijiste ni mu.

Estoy tan fastidiada por Gádor que noto cómo la agresividad nace en el fondillo de mi barriga y sube por mi pecho y mi garganta hasta salírseme por los ojos, las narices, los oídos y la boca. Por las jodidas gafas.

Busco la apàtheia desesperadamente; oh, sí, ¿a quién le apetece perder la cabeza, verse abocado a la angustia, la sinrazón, el crimen...? Pero la apàtheia es como el mar... Está ahí, tú lo ves, puedes tocarlo, pero no puedes llevártelo a casa.

—Se veía venir, de todas formas... —La vieja mona decide tomar partido del lado de mi madre, porque imagina que eso será más jugoso para obtener su ración diaria de bilis ajena—. Las hijas nunca tienen en cuenta los consejos de las madres. Si una les dice que no se casen, lo harán; y si les dice que lo hagan, no les dará la gana.

—¿Sí? —Me siento a su lado, mientras veo trastear a mamá a nuestro alrededor—. ¿Y tú cómo lo sabes? Nunca has tenido hijos.

Mariana, lejos de incomodarse, parece recordar que, al no haber sido tocada por la mácula de la maternidad, es poco menos que una adolescente sin muchas certezas sobre la vida que está empezando a descubrir.

—Llevas razón. ¿Qué sé yo de estas cosas? —dice, con un ataque súbito de sensatez—. Nada más que lo que veo en la pobrecilla de tu madre...

No me agrada oír a la tía compadecerse de mi madre por lo que supone de engreimiento y suficiencia por parte de la vieja urraca, y porque no creo que mi madre —que menuda es— necesite que nadie le tenga ni un poquito así de lástima. Me dispongo a contestarle a la tía de la forma más ordinaria posible. Razones no me faltan: tengo la tensión premenstrual, agudizada por una inevitable tensión persecutoria que amenaza con transformarse en paranoica; siempre he detestado a mi tía Mariana, he renunciado momentáneamente a la apàtheia, y parece que olvido que la casa donde todas nosotras vivimos es suya, y sólo suya, y puede ponernos de patitas en la calle si yo, a mi vez, la saco de sus frágiles y seniles casillas.

Mi madre siempre ha adorado este enorme piso desvencijado que decoró después de casarse con cantidades generosas de plástico, formica y platos de cerámica floreada. Dice que vivimos en el centro. En el centro ¿de qué?

Voy a abrir la boca, pero entra en la cocina mi hermana Isabel. De todas nosotras, Bely es la favorita de la tía Mariana. Es la única que puede permitirse decirle lo que todo el mundo piensa de ella, pero nadie se atreve a expresar con palabras.

—¡Hola, tía Mary!, ¿cómo estás? —dice Bely mientras besa a nuestra madre—. Hola, mami.

—Phsé...—responde Mariana.

—¿Qué quiere decir phsé?

—Que me moriré, si no surge alguna complicación. Y entonces estaréis contentas, podréis heredarme. —Ofrece la mejilla coloreada por el alcohol para recibir también su beso.

—Qué exagerada eres, tita.

—¿Exagerada? —Se lleva una mano al pecho, o mejor: al lugar donde siempre oculta la cartera—. Claro, es fácil reírse de todo cuando se tienen diecisiete años y tan poca cabeza como tú, Bely. Te lo aseguro, es fácil.

Mamá, mientras tanto, va de un sitio a otro en la cocina, preparando la cena y desplegando una actividad frenética. Lava judías verdes y las trocea sobre una fuente, cerca del fregadero. Pone un enorme cazo de agua a hervir, con huesos de jamón y Avecrem dentro. No enciende el extractor de humos, sino que abre la ventana, y los ruidos de la calle parecen sumarse a nuestra conversación como si fuesen uno más de la familia.

Cuando Bely era pequeña, mi madre la sacudía cada vez que armaba algún guirigay. Mis otras hermanas y yo ya éramos mayores y tratábamos de defenderla como podíamos. «Vamos, deja a la niña», recuerdo que ordenó Carmina aquella vez que Bely hizo un agujero en un cojín del sofá y metió dentro unos salchichones y un queso, por si tenía hambre a medianoche. Mi hermana mayor miró furiosa a mamá, que daba azotes sobre el trasero de Bely: «¡Para ya!, ¡que la vas a traumatizar!», dijo Carmina, que acababa de aprenderse aquella palabra hacía poco. «¿Traumatizarla?», mi madre dejó de azotar a la niña, y nos miró con el ceño fruncido a las cuatro mayores: «Es demasiado bruta para que se traumatice», dijo finalmente. Cuando se vio libre, Bely echó a correr, cogió uno de los salchichones bajo el brazo y salió como una flecha en dirección a la calle, riendo a carcajada limpia.

Llevaba razón mi madre. Es indestructible, y no presenta ni el más mínimo síntoma de estar traumatizada. Pronto se convirtió en todo lo contrario de lo que nos temíamos. Dejó de ser traviesa, gordita, mimada, llorona y retorcida para transformarse, curiosamente al comienzo de su adolescencia, en alegre, descarada, cariñosa y feliz. Es una de esas personas que parecen disfrutar en todo momento de lo que ocurre o lo que están haciendo; y se hace difícil no quererla, incluso para la tía Mariana que, dicho sea de paso, tiene la esperanza de que Isabel sea la primera mujer con título universitario de nuestra familia, después de cosechar un estrepitoso fracaso conmigo, que abandoné la Universidad en cuarto curso de Biológicas y ya nunca podré ser, como ella quería, profesora de instituto.

Mi hermana no sólo será la primera mujer, sino el primer ser vivo de nuestra familia con título universitario. También yo lo celebraré.

—¿Dónde está la abuela? —pregunta Bely.

—La vieja —a Mariana le gusta llamar vieja a mi abuela, porque cree que su hermana mayor acapara así el cupo de vejez de la casa liberándola a ella de su parte— se ha ido a rellenar su boleto de lotería. Hoy es lunes. Querrá hacerse millonaria, a su edad... —La burla y la desconfianza se pintan en el fondo de los ojos de Mary; supongo que teme que los juegos de azar de la abuela den algún día sus frutos y ella pierda el ascendente de tiranía y poder económico que ejerce sobre nuestra familia.

—Bely, ayúdame a pelar las patatas, ¿quieres? —pregunta mi madre.

Paradójicamente, Bely es la única de nosotras que anda todo el día entre las piernas de mamá, a pesar de haber sido la única a la que ella ha zurrado con auténtico frenesí, como si también por aquello le dieran puntos para conseguir gratis algunas piezas de porcelana barata en el supermercado.

Mi hermana pequeña se dedica a canturrear, y a pelar patatas, mientras yo pongo desganadamente el mantel sobre la larga mesa de madera; una vieja mesa que se utilizó en sus tiempos para hacer la matanza de muchos pobres e ingenuos cerdos, y que posteriormente servía para dar de comer a otros cuantos animales que se alimentaban de los cadáveres de los primeros. Mi abuela la trajo un día y aquí se quedó, porque éramos tantas a la hora de comer que necesitábamos un soporte verdaderamente grande y contundente para poder hacerlo. Esta mesa tocinera nos fue que ni pintada. Se acomoda perfectamente a nosotras porque, como nosotras, pertenece a la clase modesta jodida: a costa de la cual unos organizan sus banquetes y de la que los otros se sirven a placer.

Pero, en fin, tampoco es que yo tenga demasiada conciencia social, de modo que la tapo con un mantel. Es un mantel Lagarterana auténtico, que mi madre plancha regularmente con mucho cuidado, a pesar de insistir hasta el agotamiento en el hecho de que no necesita plancha. Añado dos cubiertos más, para Gádor y mi sobrina Paula, y miro de reojo a la tía, que a su vez lanza ansiosas miradas a la botella de Fundador majestuosa, reluciente e inaccesible, allí, cerca del techo.

En la cocina empieza a esparcirse el olor del sofrito en que mi madre rehogará la verdura. Puedo oír el cuchicheo de los jugos gástricos de la tía, recorriendo con avidez el laberinto de maldad de sus tripas.

—¿Cuándo piensan llegar tus hijas, y tu nieta, y tu madre, la binguera? —rezonga con su voz caballuna. Los esfuerzos que hace por aniñar la voz sólo consiguen elevar al decúbito el insoportable sonido de su ego, de manera que logra el efecto de una muchedumbre histérica despeñándose cuesta abajo por una gigantesca montaña.

—Carmina y Brandy no deben tardar ya... —dice mi madre, y vierte sobre la sartén una gran cantidad de coles de Bruselas, alcachofas, judías verdes y zanahoria troceada—. Y Gádor y la niña están con la abuela. La han acompañado para que Paula diera un paseo. La pobre chiquilla lleva todo el día encerrada, sin salir para nada.

—Ya tiene bastante suerte con estar aquí. Ni la madre ni la niña tendrían que quejarse. Si quieren salir, que se vayan de nuevo a su casa. Si es que a aquel cuchitril se le puede llamar casa, con el albañil ése dentro...

No entiendo si se refiere a que la casa de Gádor es un cuchitril porque dentro está el albañil ése, o porque es tan pequeña que, con el albañil ése dentro, parece un cuchitril. Pero, en fin, qué más da. Tampoco hay por qué entenderlo todo.

La miro torvamente, pero hace rato que ella evita mis miradas.

Suena la puerta de la casa al cerrarse, al otro extremo del pasillo, y nuestra perrita Achilipú, que se pasa la vida dormitando en el felpudo de la entrada, da unos ladridos de bienvenida.

Oigo a Brandy hacerle mimos a la perra, como si estuviera

hablando con su último novio, y al momento entra en la cocina, con ese aroma a perfume —algo fuerte que resulta agradable e insoportable al mismo tiempo— tan característico de ella, y sus movimientos sensuales y felinos. Siempre me he asombrado de que mi hermana Brandy, que es una auténtica gata, se lleve tan bien con la perra. Lleva el pelo larguísimo y rizado en unas ondas gruesas y suaves; los pendientes de aro son tan enormes que podrían servirle de gargantillas. Un body de blonda de poliéster, comprado en las rebajas de los Almacenes Covirán, se le ciñe al pecho y asoma debajo de un chaleco de inspiración india, perlado de lentejuelas de distintos colores, a cual más cegador. Los pantalones, más que ajustados, injustamente ceñidos, constrictores, son de terciopelo malva y hacen juego con tres o cuatro de las lentejuelas del chaleco. Mi hermana Reyes —a quien llamamos Brandy porque, según parece, mi padre estaba hasta las cejas de Brandy 103 cuando la concibió—, sólo desea de la vida llegar a ser rica y famosa, aunque de momento debe contentarse con dar masajes linfáticos y explicaciones semicientíficas a los usuarios de la clínica de cirugía estética en la que trabaja de sol a sol para un médico que mantiene mujer y dos amantes con lo que cobra por arrancarles filetitos de grasa a sus clientas. Entre sus planes más inmediatos se cuenta un sólido proyecto empresarial consistente en encontrar un marido riquísimo que la retire para siempre del olor de la máquina de liposucciones y del hilo musical de Eros Ramazzoti que ponen en su curro. De momento, sus planes se ven interrumpidos con frecuencia a causa de su debilidad por los hombres sado-macho, que no suelen tener ni un guil en el bolsillo, y mucho menos en sus cuentas corrientes. Un día me confesó que la ilusión de su vida era encontrar un amante —no un marido, claro—, que le hiciera el amor sin quitarse de la boca el palillo de dientes. Le contesté que la mía era una ilusión casi igual, sólo que en vez de con un palillo de dientes, con un cigarro encendido. Se rió y me miró boquiabierta, murmurando que eso a ella no se le habría ocurrido nunca.

Tiene aires de princesa proletaria, y una impresionante mala jindama probablemente heredada de la tía Mary por algún capricho, o mutación, genético. Sigue vistiéndose como si no tuviera veinticuatro años, sino catorce; y le encanta que la llamen «niña», al contrario que a Gádor, a la que jamás se le pasaría algo así por la cabeza, y no solamente porque por su cabeza rara vez pase algo.

—¡Hola a todas! —dice, yendo a sentarse directamente y sin mirar a ninguna de nosotras en concreto—. ¿Qué tenemos para cenar?

—Menestra de verduras, y el pollo en pepitoria que sobró de anteayer —responde mamá.

—Pero, madre...—protesta ella arrugando coquetamente los labios, como para formar con ellos un adorno navideño—, el pollo en pepitoria del otro día no tenía... ¿varices?— Y se recoge el pelo, porque lleva la larga coleta deslabazada detrás de la nuca.

—Lo que me faltaba... —gruñe la tía.

—No te preocupes, Mary. —Mamá se dirige a la nevera, y atisba dentro con concentración—. Para ti hay palitos de merluza. Para ti y para la niña.

—¿Los has comprado en las rebajas? —pregunta la tía.

—¿Rebajas? —pregunta, a su vez, mi madre.

—Los palitos esos. Espero que de palitos no tengan más que el nombre. Mis dientes valen más que tu salón comedor, Ela.

—Quiere decir que si estaban de oferta. —Brandy actúa de intérprete mientras le hace trencitas en el pelo blanquecino a la perra, que cierra los ojos con aire melancólico y ensimismado—. Los palitos...

—Parece que estamos rodeados de especialistas en rebajas...— digo yo, mientras recuerdo a Víctor.

—Yo con la comida no regateo —asegura mi madre—. Pero sí, estaban de oferta. Oferta no es lo mismo que rebaja, creo yo.

—¿Cuál es la diferencia?

—Pues... Rebaja es que está rebajado, que es un resto que se quieren quitar de encima antes de que caduque. Y oferta es que ya sale rebajado de entrada; porque tienen un exceso de lo que sea. Palitos de merluza o... muebles de pino. Ésa es la diferencia. Algo así.

—Mamaaá...

—¿Me estás diciendo que tengo que comer de la caridad de un supermercado? —la tía insiste—. ¿Con lo que te pago para que me alimentes bien?

Supongo que ella considera que lo que le paga a mamá para que le haga la comida, le limpie y la aguante, es una fortuna que nadie en su sano juicio pagaría. Yo no lo veo así, y cualquiera que la conozca, tampoco. Mariana es un ser sobrenatural cuyo tronco y extremidades son semihumanos pero cuya cabeza está compuesta por un billetero.

Y ella nunca ha perdido la cabeza.

3

¡Qué horror, qué horror! —Mi abuela mastica con precaución, siempre parece que trata de andarse con cuidado ante la posibilidad de encontrar objetos no identificados entre la comida; pero en realidad es que su dentadura postiza no es de tan buena calidad como la de la tía Mary.

—¡Por Dios, abuela! ¿Qué te pasa ahora? —Carmina está sentada a su lado y deja caer con desgana el tenedor al lado del plato. Inclina su oronda cabeza hasta encontrarse con la mirada de la abuela.

Cuando se da cuenta de que la operación rumiante sigue su curso con normalidad, relaja los músculos faciales y vuelve a coger el tenedor.

—No nos des estos sustos.

—Tendría que nacer de nuevo, con otra cara —apostilla la tía Mary ante la total indiferencia de la abuela.

—No es por la comida —dice, mirando a mi hermana Carmina—. Es que, esta noche pasada, he soñado que venían a quitarme lo poco que le queda a una a estas alturas.

—¿Qué?

—Ya sabes, a quitarme lo bailao.

Yo me río, y mi sobrina Paula me mira con unos enormes ojos interrogativos. Esa niña es más seria que un ajo.

—Todavía tengo la impresión del sueño. Me sube una fatiga por el pecho... Ela, no puedo seguir comiéndome esta... esta... lo que sea. Sácame el jamón —ordena mi abuela.

—No hay. He gastado lo que quedaba haciendo la menestra.

—Pues nada, a fastidiarse. No tengo más hambre.

—Come un poco más, mamá.

—No me da la gana.

Tengo entendido que, para saber de qué manera hace alguien el amor, basta con mirar cómo come. Tengo entendido que las personas tenemos los mismos modales comiendo que copulando; el mismo estilo, digamos. Empiezo a observar a mi familia, con detenimiento. Somos nueve mujeres a la mesa, un montón de pilones con la silla arrimada al comedero y manejando los cubiertos con diversos grados de habilidad e incompetencia. Me fijo en mis manos, ni siquiera he podido tocar el cuchillo porque me entran escalofríos sólo de pensar la de cosas que uno puede hacer con un instrumento cortante. La de cosas que podrían hacerse sobre mi rubia cabeza con uno de estos cacharros de menaje doméstico. Los cubiertos de casa están todos despuntados; como Carmina es carnicera, mamá trae la carne a casa perfectamente fileteada, sajada o cuarteada. No necesitamos estúpidas navajas con la punta como el estilete de D'Artagnan. Lo más difícil que tenemos que hacer es abrir las sandías, y si se ponen bordes Carmina las destripa contra la mesa, y a comer. Sin embargo..., incluso despuntado, incluso sin afilar..., un cuchillo es un cuchillo. Y ahora mismo debe de haber al menos un par de tipos sin escrúpulos detrás de mi pista, con facas tan largas como la autovía de Andalucía, en lugar de dientes. Digo yo. Seguro, vamos.

Resultado: yo no como, no tengo apetito. Consecuentemente, podríamos decir que estoy anoréxica también para el catre, para la cosa sexual.

A mi lado está Paula, mi sobrina. Tiene la barbilla huidiza y la cara de susto de una ratoncita. Está tan delgada que se le pueden contar los huesos. Sus ojos tienen el mismo perímetro que la ensaladera y son de un color azul sucio. Su boca está llena a rebosar de merluza congelada, pero es incapaz de tragar. Descartada, es una criatura de cinco años. Es difícil saber cómo le irá de mayor en esos asuntos.

Luego está Gádor, sentada al otro lado de su hija. Supongo que el embarazo la ha transtornado un poco. La veo coger un trozo de verdura y metérselo en la boca con ansia para, acto seguido, juguetear con el tenedor y mirar con asco su guiso.

La abuela apenas come nada, excepto jamón o montaditos de lomo de forma ocasional; nos sale más barata que un canario disecado. Un día le pregunté, «abuela, ¿estás a régimen?», y ella me respondió sin ni siquiera mirarme: «¿régimen?, el único régimen que seguí un poco fue el franquista, al principio... Y mira en lo que quedó, ¡bah!, no me hables de si régimen o no régimen. Esas chorradas son de ahora».

A su lado, Carmina devora la comida como si, más que comer, quisiera hacerle daño a la verdura, ensañarse con ella. La contemplo con interés. Pincha con el tenedor una col de Bruselas y se la lleva a la boca, no ha tenido tiempo de empezar a masticar cuando vuelve a coger unas judías, que se mete también en la boca, un montoncito de guisantes, dos tacos de jamón sofrito, zanahorias y cebolla... sólo a la sexta cucharada se permite empezar a masticar y juntar momentáneamente los labios. Es voraz. Así está ella, que si se cae bota. No quiero ni imaginármela en la cama. Soy demasiado mojigata para pensar de Carmina todo lo que podría pensar si quisiera.

Mi madre come como con resignación. Me ruborizo y miro a su lado.

Ah, ah, ah. La tía Mary. Sublime espectáculo. Le chorrea algo alrededor de la boca, y se relame con glotonería. Da un buen trago a su vaso de Jerez, y hace unos esfuerzos patéticos por alcanzar la cesta del pan, mientras nos fulmina a todas con la mirada esperando que alguien la ayude sin que ella tenga que pedírnoslo. Resopla cuando Bely le pasa la cesta. Come demasiado, aunque no suele engordar, y cuando pasa al váter deja unas descargas del tamaño de un niño pequeño. Me temo que vivirá mucho tiempo.

Bely traga despacio, pero sin tregua ni pausas, igual que si estuviera cargada de paciencia y dispuesta a llegar hasta el final, le espere allí lo que le espere.

Y Brandy es digna de ser contemplada, ha convertido en un arte plástico el acto de rumiar. Su masticación es casi lasciva; bueno, es totalmente lasciva, quizá porque imagina estar compartiendo la mesa con ocho leñadores canadienses que, desde luego, no somos nosotras. Antes de casarse, Gádor me dijo una noche que Brandy atraía a los tíos como nadie. «¿Qué se pone, Esencia de Coño detrás de las orejas?», me preguntó, bastante mosqueada. Supongo que para ella, que vive bajo la consigna de «Libertad, Igualdad, Maternidad», debe de ser duro aceptar que hay chicas como Brandy andando por la vida.

Por su parte Brandy, cuando Gádor se casó, y a pesar de que sólo tenía veinte años cuando lo hizo, sabía —como todas nosotras sabíamos— que nuestra hermana no tenía ninguna experiencia sexual previa al matrimonio; siempre había sido una especie de virgen invicta del tipo de las del Partenón de Atenas, pero en persona de carne, hueso y poco seso. De modo que al ir a darle la felicitación, una vez terminada la ceremonia nupcial, o lo que fuese aquel griterío de los chicos del coro de la parroquia del barrio, Brandy no le dijo a Gádor «felicidades, hermanita», sino que le susurró al oído «nunca es tarde si la picha es buena», y Gádor se echó a llorar encima de mi cuello de organdí rosa recién planchado, gimoteando que vaya pedazo de zorra, pero que es que vaya pedazo de pendón...

Se me han pasado las ganas de comer por completo. Todas nosotras parecemos una versión perversa y gastronómica de Mujercitas.

—¿Se puede saber a qué viene esa cara de asco? —me pregunta mamá mientras se limpia sin ningún cuidado la boca, la barbilla, parte del cuello y casi casi la canaleta de su escote floreado.

Nada más casarse, Víctor y Gádor se decidieron por eso de la planificación familiar y compraron unos condones fluorescentes que vendían los negros del mercadillo y que eran tan impermeables como una bolsita de té hindú; ella se quedó embarazada, le salieron unas horribles estrías negras por todo el pecho y, cuando nació Paula, me aseguró que jamás había pasado por una experiencia tan inagotable e ingrata como la del parto. «Una mierda a tope, si me entiendes», me confesó mientras tapaba amorosamente a su hijita, que dormía en un capazo de mimbre envuelto en una guata estampada con ositos rojos, todos ellos con una hermosa sonrisa de psicópata en sus morritos púrpura. «Cuando al quinto mes de estar preñada me di cuenta de que, en verdad, todo lo que entra tiene que salir..., ya no pude pegar ojo hasta el fin del embarazo; porque, tía, esto es muy fuerte; nada que ver con ponerte y quitarte un tampax, y eso que me costó lo mío aprender a hacer lo de los tampax...», me dijo.

Durante su primer año de casada, a pesar de todo, Gádor parecía contenta. La ignorancia es un antídoto magnífico contra la sensatez. Un día nos preguntó a Brandy y a mí qué podría regalarle a su maridito para su aniversario de boda. «Bueno», dijo Brandy, mientras le ponía un tinte de color berenjena sobre el cuero cabelludo que parecía sangre coagulada, «según mi experiencia, los hombres siempre tienen necesidad de dos cosas: calcetines y felaciones.» «¿Felaqué?», Gádor levantó la vista y una gota de aquella porquería le rodeó el arco de su ceja derecha. «Viene del latín, gansa. Los idiomas nunca han sido tu fuerte, ¿eh? Los calcetines estarán bien», respondió Brandy. Después de aquello, fuimos a la biblioteca municipal, y yo busqué para Gádor la *Enciclopedia Sexual* del doctor López Ibor, porque por aquel entonces tampoco yo era muy capaz de hacerle un esquema lo bastante técnico y ajustado a la verdad del asunto; aunque tenía mis propias ideas al respecto, nunca he sido muy buena con el latín, y efectivamente comprobé que andaba algo descaminada confundiendo algunos términos, partes del cuerpo y etcétera. A partir de entonces, Gador mejoró su planificación familiar con notables resultados durante estos años, hasta hace ocho meses: una tiene que estudiar constantemente si no quiere olvidar lo que ya sabe.

4

Tenemos tres dormitorios dobles para las hermanas, yo compartía el mío con Gádor hasta que se casó, desde entonces disfruto de mi propia intimidad que siempre es más agradable que disfrutar la intimidad de otra persona. Sin embargo, esta noche no me importa que Gádor esté conmigo; al contrario, le estoy agradecida por no tener que dormir sola.

Paula duerme con Carmina, que era la privilegiada de la casa, con aposentos propios; Brandy (la donna è mobile, qual piuma al vento) con Bely, la única capaz de soportarla. La abuela tiene su habitación en el piso de arriba, el de la tía Mary, aunque me consta que no se dan mucha conversación la una a la otra. Mamá sigue durmiendo en su cama de matrimonio, al otro lado del pasillo.

Siento deseos de confiarme a mi hermana, de contarle toda esta angustia que me corroe como si llevara un ratón escarbándome en las entrañas, pero me contengo porque creo que le sobra y le basta con sus propias preocupaciones. Además, en su estado no creo que convenga darle disgustos: el niño podría salir con alguna tara, y ya es suficiente con la posibilidad de que realmente sea hijo de su padre.

El ratoncito crece dentro de mí como el bebé en el vientre de

Gádor. No me extraña, no hace más que comer y comer, y yo soy la comida.

—Si por lo menos no estuviera embarazada... —Gádor se vuelve entre las sábanas y trata de acoplarse el sujetador sobre su seno hinchado.

—Vamos, Gádor, déjalo ya...Tenemos que dormir. Mañana, tengo que ir a trabajar...

De repente, como si obedeciera a una señal, a Gádor se le abren las malditas compuertas y empieza a moquear como una oveja.

—Pero, Gádor... —Me incorporo en la cama, y enciendo la luz de la mesita de noche—. ¿Ahora..., a qué viene esto?

—No viene a qué. ¡Viene porque sí, cojones!.

—Tranquilízate, no es bueno en tu estado...

—En mi mal estado ni siquiera es bueno respirar. Imagínatelo. Claro, es que tú no puedes ni imaginártelo. Es que tú..., tú... — Empieza a hipar de nuevo, aunque esta vez me he traído un rollo de papel higiénico del váter y le paso un trozo largo y suave—. Tú... estás, es que estás soltera y sin compromiso, no tienes una jodida cría tirándote de las faldas, ni otro tirándote del pellejo de la tripa; es que tú no tienes un marido que te la está pegando con otra desde el día de tu boda, que se compró una cámara de vídeo mientras yo tengo que ahorrar en el desayuno, que no paso de las galletas marías, y es que ni siquiera sé qué leches es la mermelada y los cruasanes... Que es que se monta sus fiestecitas con la otra y las graba con la cámara de vídeo que se ha podido comprar porque es que yo ahorro hasta en el desayuno comprando galletas marías en vez de cruasanes... Y que... y que es que... que va y guarda las películas dentro de una caja, al lado de la caja de mi traje de boda. ¡Películas guarras que te cagas, eh! Y la tía, una cerda con pandereta. Y es que tú un día no vas y te levantas y buscas la caja donde guardas tu traje de boda, y la buscas porque te da un, yo no sé, como un viento, como que quieres recordar, ¿vale?, los tiempos en que aún no estabas con un bombo en la tripa y tenías un caset, aunque fuera entre cinco hermanas, y podías oír a Isabel Pantoja a toda pastilla y del cocido ya se encargaba mamá... Y como al lado de tu traje de boda no está la caja del traje de boda de él, claro, a ti no se te ocurre echarle un vistazo por si tiene polilla, o suciedad simplemente, y no te encuentras con toda una discoteca dentro.

—Una videoteeeca...—la corrijo con suavidad—. Y para ya, Gádor, que te va a dar algo. Suénate.

—¡Y una mierda, me voy a sonar!

—Relájate, échate para atrás... —Me levanto y me acerco hasta su cama, que está a menos de un metro de la mía, y le coloco la almohada alrededor del cuello. Está sudando, y tiene los ojos como las bolas blancas de jugar al billar.

—Y tú no sabes lo que es no tener vídeo siquiera en casa, y tener que ir a la tienda de la esquina, la de electrodomésticos, la de Paco Gandía, que es tan salao, el pobre, y eso que está manco...

—Gádor, Gádor..., que ya me lo has contado, Gádor. No hace falta que sufras repitiéndolo.

—... Y el pobrecillo va y me dice que esas cintas tan pequeñas necesitan un adaptador. Yo no sabía ni lo que era un adaptador. No conozco, es que no conozco más putos adaptadores que los de los enchufes, porque enchufes son los únicos lujos de la técnica que tengo en ese piso, si quitamos la cocina, el frigorífico y la tele de catorce pulgadas. Está bien eso de las pulgadas, porque es una tele como para pulgas. Necesitas gafas de aumento para saber qué coño dan, si futbol o el festival de Benidorm.

—Aquí tenemos una tele grande, mañana podrás quedarte el día entero viéndola y tumbada en el sofá —le digo.

—Y el tenis, ¡joder!, con lo que me gustaba a mí el tenis, ¿te acuerdas, Candela?

—Me acuerdo, me acuerdo...

—Pues en ese puto trasto no hay manera de ver por dónde va la pelota. Es que la pantalla es tan pequeña que no se ve la puta pelota. Por eso ya no veo el tenis por la tele, cuando era la única manera que tenía yo de poder ver tenis...

—No pasa nada, aquí podrás verlo.

—... Bueno, y eso... Y el pobrecillo de Paco Gandía va y busca un adaptador Panasonic y mete la cinta en un vídeo estupendo que tiene de oferta, con no sé cuántos cabezales. Ni siquiera sé tampoco qué gaitas son los cabezales, fíjate, pero me impresionó oír el jodido montón que tenía el aparato. Me parecieron muchísimos, Candela. Bueno, y eso, que estoy yo allí, en la tienda de Paco...

—Vaya numerito, Gádor... —susurro con pesar.

—... cuando sale el mamón de Víctor en la pantalla, vestido nada más que con sus tristes pelotas y con una gorra como de policía de tráfico. Y es que, es que no llevaba nada más puesto, Candela. Estaba en cueros, el cabrón.

—Sssh... lo sé, lo sé.

—Todavía tengo grabada aquí —se pone el índice derecho en el entrecejo, como quien acaricia un tatuaje— la imagen de la tía. Tiene un culo, tiene un culo... impresionante, que te caes. De grande, quiero decir. Tú misma en la tele, como su culo de grande, sólo has visto el estadio Vicente Calderón.

—Una no puede competir con algo así —reconozco mientras le acaricio el pelo—. Pero no te preocupes, esa clase de mujeres con esa clase de traseros, ya no se estilan. Son del siglo pasado. O del siglo nueve antes de Cristo.

—Tú no lo has visto, Candela. Ni la cara que ponía. Relamiéndose. A mí no se me ha ocurrido en la vida relamerme en la cama con Víctor. Ni que fuera un cruasán su... su...

—Pene... —dice Brandy, entrando en la habitación, y cerrando con sigilo la puerta—. ¿A qué vienen estos llantos?

—¡Otra! —vuelve a gimotear Gádor.

—¿Estabas escuchando? —le pregunto, recriminándola con la mirada.

—Sólo un poco, al final. Lo otro lo he oído desde la habitación. Lo raro es que no la haya oído todo el barrio —dice, señalando la masa temblorosa que es Gádor entre mis brazos—. ¿Y qué dijo Paco Gandía? —pregunta Brandy.

—¿Pues qué iba a decir, el pobre? —Mi hermana vuelve a hacer un puchero, y cierra los ojos mientras recuerda—. Pues lo que yo, que vavavaya, que es que él creía que sería el vídeo de alguna primera comunión. Y yo le dije que no, pero que también el interfecto, en cuanto yo pudiera echarle el guante, se llevaría su primera buena hostia, y que sería como para grabarlo en tecnicolor.

—¡Dios mío, Gádor, lo siento! —Brandy se acerca hasta Gádor, y parece incluso humana cuando le acaricia la mano en la que ella sostiene los restos del papel higiénico mojado de llanto y babas.

Luego reprime una sonrisa y suelta una blasfemia dirigida contra nuestro ex cuñado.

—Se lo podemos contar a Carmina —digo yo, con poca sensatez.

—¡No seas burra!, ¿es que quieres que lo mate y acabemos todas en el talego? —desecha la idea Brandy con la mano—. ¡Menudo saque tiene la hermana!

—Los hombres son un asco —digo yo, más bien pensando en unos cuantos que, a estas horas, ya deben estar sumando dos y dos y cayendo en la cuenta de que si algo sobra en el reino de los vivos es mi menda.

—Desde luego... —Brandy asiente, moviendo la cabeza arriba y abajo—. Es lo que yo digo, lo que yo me digo a mí misma muchas veces, ¿qué me puede dar un hombre que no consiga yo solita con la ayuda de mi dedo pulgar?

—¿Cariño? —pregunta Gádor, vacilante.

—Ya... Pasajero.

—¿Pulgar? —pregunto yo esta vez, igualmente vacilante.

—No sé, es que no sé...—continúa Gádor—, yo creía, es que lo creía de verdad, que Víctor y yo, que yo y Víctor podríamos tener un hogar donde algún día, algún día, porque ya sabéis que no soy avariciosa, no hubiese teléfono móvil, sino que hubiera teléfono del fijo. Un teléfono inmóvil, vaya, como el de aquí de casa que está colgado en el pasillo y ya está. Que hubiera colonia de, por lo menos, a mil pelas el litro, pantys Marie Claire, cremas de Nívea... Hasta video. Y un niño, o dos si es que no podía evitarse, que fueran a un colegio subvencionado y pudieran estudiar una maestría industrial, o tener un pequeño negocio...

—Un vodeoclub, por ejemplo.

—¡Ah, cállate, no me lo recuerdes! ¡Siempre te ha gustado joderme, Brandy!

—Perdona, perdona...—Brandy parece arrepentida, y vuelve a coger la mano de Gádor quien, un poco reticente, termina por dejarla abandonada entre las de nuestra hermana—. Lo siento, de veras.

—Lleva razón Gádor, debe ser bonito tener una relación apasionada pero estable, feliz pero duradera. Estar juntos...

—En lo más alto.

—Sí, aunque sea en lo más alto del precipicio, como es tu caso.

—Pero él no estaba conmigo. Bueno, en todo caso estaba conmigo y con la otra puta, la del culo gordo. Ellos eran los que estaban juntos desde el principio, desde que nos casamos.

—¿Cómo lo sabes? —pregunta Brandy.

—Cuando Paco Gandía cerró la tienda, me dio un toque por el portero automático, ¡ah, sí!, otro adelanto de la técnica que tengo y que se me ha olvidado contar antes... —me mira con los ojos todavía enrojecidos—, ...es, es el portero automático; pues cuando acabó de trabajar me llamó, porque yo le había dicho que si podía hacerme el favor, que es que con el plan que yo tenía... Que si podía dejarme que echara un vistazo a las cintas cuando no hubiera ya clientes entrando y saliendo por allí. Y entonces me llamó, y bajé y vi otras dos. No pude ver más porque es que con la barriga que tengo estoy muy sensible a los olores y a todo lo demás, incluyendo el porno. Tenían la fecha puesta. Paco me dijo que si le daba a un botón podían pasar a cámara rápida y me ahorraría tener que soportar los gemidos, que no veas cómo gemían, como si les estuvieran pegando... Oooohs, y aaaaaays, ya sabéis. Él se retiró discretamente a la oficina y se llevó a la niña con él, la entretuvo con un Nintendo y me dejó el aire acondicionado puesto. Hasta cerró la puerta, para no oír nada y que yo sufriera a mis anchas.

—Qué hijoputa. Me refiero a tu marido, eh.

—Sí, porque es que además su madre también... Vamos, que es que estoy de acuerdo en lo de hijoputa. ¡Dios, me duele la espalda! Una cinta... —Gádor se sienta en la cama, y cruza los brazos sobre el pecho—, es que una de las dos cintas que vi tenía la fecha del día de nuestra boda. Como nos casamos por la tarde, recordaréis que dimos una merienda-cena en el convite, me imagino que la grabaron por la mañana, porque entraba el sol a chorros en la habitación. ¡Os podéis imaginar! Yo hecha un flan dándome el tinte, haciéndome la manicura, poniéndome aquella cosa, aquella... mascarilla que olía a podrido para destaparme los poros, y él tirándose a un culo mientras tanto.

—¿Le daba por ahí? —quiere saber Brandy, siempre pendiente de los detalles.

—Ya lo creo.

—¿Y a ti...?

—Jamás. Es que hasta ahí podía haber llegado la broma.

—Bueno, bueno, bueno...

—Colitis, ¿te acuerdas, Candela, que aquel día estuve con colitis hasta por la tarde, de lo nerviosa que estaba? ¿Te acuerdas que tuve que ponerme ciega de Tanagel porque nos temíamos que no podría dar dos pasos sin cagarme encima en mitad de la iglesia de Santa Eloísa de la Adoración si seguía así la cosa?

—No me lo recuerdes, no hace falta. Por eso no me gustan a mí las relaciones sexuales antes del matrimonio —comento irónicamente—. Ese cerdo podría haber llegado tarde a su propia boda.

—Sí, mientras yo apenas podía aguantarme los retortijones sin llorar, él mantenía relaciones prematrimoniales. No lo había pensado, mira. Me duele la espalda. —Se masajea la cintura con una mano temblorosa—. A lo mejor por eso no me insistió a mí para que nos fuésemos a la cama antes de casarnos, claro, como ya tenía relaciones prematrimoniales con otra... No te jode, los tíos. ¡Ay, mi espalda!

—Tenemos un aparato en la clínica que alivia el dolor mediante estimulación nerviosa transcutánea —se ofrece Brandy—. Podría conseguirte un par de sesiones gratis.

—Lo que a mí me duele no puede aliviármelo ningún aparato.

—Acabas de decir que te duele la espalda. Eso te lo puede aliviar.

—¡Que no, que te digo que no! ¿No te das cuenta de que estoy dolida?

—Pues por eso.

—Brandy, deja de joderme.

—¡Pero si sólo quiero que te alivies la espalda!

—¡Va, va, vaaaa...! —intervengo dando unas palmaditas al aire—. Dejadlo ya, sólo falta que empecéis a pelearos como siempre.

—Como siempre, no. Tampoco te pases.

—El caso es que lo mataré... —continúa Gádor, mirando con concentración mi póster de Tank Girl en la pared de enfrente—. En cuanto le ponga la vista encima, lo haré picadillo.

—Carmina lo haría por ti, y mejor que tú. Es su oficio, ¿no? —vuelvo a decir, sin poder contenerme.

De repente nos quedamos en silencio las tres, tengo la sensación de que la habitación se vuelve irreal, que se empequeñecerá hasta aplastarnos, como si fuésemos el relleno de un bocadillo. Miro a Gádor y a Brandy, que gesticulan y hacen muecas. Gádor se rasca, y Brandy ensortija mechones de pelo entre sus dedos. Es como ver por la tele un vídeoclip de Mick Jagger sin sonido. Algo surreal. No sé qué pensar.

—Y qué... —Brandy se ajusta el pantalón del pijama, que brilla como las batas de casa de las películas de los cincuenta, sólo que la vida no es en blanco y negro y se intuye que el pijama es de color mandarina, como asegura su propietaria.

—¿Qué de qué? —Gádor se pone una mano sobre la barriga que parece a punto de estallar, y se frota con suavidad encima del ombligo.

—¿Qué ganarías con matarlo, eh?

—¡Dios mío!, ¡pues una gran tranquilidad!

—Sí, y comida gratis en el trullo hasta que fueran a visitarte tus nietos el día de Navidad. —Brandy se rasca la sien.

—Cielos, Brandy. Ten cuidado —le digo.

—¿Por qué?

—Empiezas a pensar con sensatez.

—Muy graciosa.

—Lo que creo es que deberías darle un escarmiento —insiste Brandy.

—¿Como..., como una buena patada en los huevos? —pregunta Gádor con una sonrisa de medio lado.

—No, algo todavía peor. ¿Tienes las cintas de video, no? ¿No te las habrás dejado allí, verdad?

—Estuve a punto, es que eran una cosa tan marrana... Están en mi maleta.

—Bien, pues ya pensaremos algo, ¿vale?

Gádor la mira casi por primera vez con un poso de cariño en sus ojos grandes y tristones, tan hinchados como su vientre.

—Vale, ya pensaremos algo.

—¿Cuándo vuelve de casa de su madre?

—Dentro de un par de días.

—Pues mañana vemos las cintas, aquí sí tenemos vídeo.

—¡Venga ya, Brandy, no me jodas! ¡Otra vez, no!

—Las veremos nosotras, Candela y yo, y Carmina, si tú quieres. Me traeré un adaptador del trabajo.

—¿Y por qué no ve los vídeos la familia entera; la abuela, mamá, la bruja de arriba...?

—No, para nada. La tía Mary se podría poner... Esas cosas no las puede ver gente sensible.

Gádor se agita de nuevo, y aprieta entre los dedos el papel

higiénico hasta reducirlo a una masa húmeda, un pequeño e inútil emplasto blanco.

—Es que no es un reportaje de guerra, Brandy, guapa. Están ahí, los dos, y follan.

—Pues por eso, tonta.

Brandy se levanta y nos apaga la luz sin pedir permiso.

—Hasta mañana, chatas. Bueno, es un decir.

5

L a inexistencia de Dios todavía no está demostrada. Aristóteles, en el siglo IV antes de Cristo —creo que fue por entonces—, pues Aristóteles, que mira por donde era ni más ni menos que el mismísimo Aristóteles, creía que las moscas, mosquitos y polillas nacían de la nada desde el barro de los pozos, la tierra o los estercoleros. También le parecía lógico que surgieran cangrejos, moluscos, anguilas y peces del más absoluto vacío sobre el limo o las algas en proceso de descomposición; o que aparecieran ratones en la tierra húmeda y animales superiores sobre los residuos de gordos gusanos transparentes. La influencia de las ideas del viejo Aristóteles —excelente en cosas de retórica, pero regularcillo como biólogo o científico experimental—, duró veinte siglos. Si bien hemos de reconocer que el mérito de Aristóteles no radica en sus conclusiones, tan a menudo disparatadas para la lógica científica de hoy día, sino en las preguntas que se hizo; por supuesto, con frecuencia las preguntas son tanto o más importantes que las respuestas, y por eso el viejo zorro sigue siendo un maestro de maestros.

Aun reconociendo los valores aristotélicos en cuanto a los interrogantes, la nefasta influencia de sus respuestas se ha dejado sentir en los laberintos por los que circula y se extravía, como diría Leibniz, la razón a lo largo de la Historia del ser humano. Ni Copérnico ni Galileo, que refutaron el geocentrismo griego, consiguieron modificar las teorías aristotélicas de la generación espontánea de la vida, aunque ofrecieran al mundo su angustioso descubrimiento de un espacio infinitamente grande. Lo infinitamente pequeño siguió estando bajo la hégira de lo infinitamente falaz. Tanto es así que un médico de Bruselas, Jean Baptiste Van Helmont, en el siglo XVII, llegó a elaborar una receta según la cual se podían fabricar ratones en veintiún días mediante el sencillo método de colocar unos gramos de trigo y una camisa sucia, empapada de sudor humano, en una caja. Los ratones surgían como por ensalmo, en carne y hueso, del principio vital del sudor, probablemente suyo y de tan buena calidad, en cuanto a olor y textura, y tal cantidad, que lo raro es que no florecieran asimismo sapos y culebras. Menos mal que otro médico y biólogo florentino, Francesco Redi, más o menos por las mismas fechas que el belga, tuvo la feliz idea de colocar sustancias en descomposición en un par de cajas y tapar una y la otra no. La destapada enseguida se llenó de gusanos; la tapada, por el contrario, se libró de las larvas.

La generación espontánea no era más que un grosero error de observación por parte del querido Aristóteles, mantenido durante siglos por la hegemonía científica y filosófica de la Iglesia.

La existencia de Dios tampoco ha sido experimentalmente demostrada nunca por la Iglesia, por ningún tipo de Iglesia. Aunque, en este caso, como hablamos de una sustancia no corruptible ni tangible, su inexistencia tampoco se ha demostrado todavía.

Así que aún queda la posibilidad de que me acoja en su seno algún sorprendente ser de infinita lucidez. Al igual que Aristóteles yo también siento un preclaro horror al vacío.

Si Antonio Amaya me desfenestra finalmente, después de hacer sus cálculos, puede que aún exista alguna probabilidad de que una parte de mí ascienda o descienda hacia alguna otra dimensión física, química o divina, que me rescate de la perplejidad de saberme finalmente lejos de aquí, de lo único que conozco hasta ahora. Hasta ahora.

Tengo que escribir una nota para que si muero me incineren. Detesto que mi cuerpo sirva de materia base para la generación pseudoespontánea de distintos tipos de bichos. Ya sé que el embalsamamiento dificulta la corrupción de la carne, entendida al viejo estilo aristotélico. Pero aun así.

Si cierro los ojos y me imagino muerta, encerrada en mi fría tumba, tan terriblemente sola como únicamente se puede estar en la muerte, recuerdo los gusanos que corrían como locos por un trozo de fiambre que hace un par de años se pudrió sin que lo notáramos en el fondo de uno de los armarios de la cocina.

No reparamos en aquello hasta que comenzó a oler.

«¿Ya no compras Ajax, Ela?», decía la tía Mary sin descanso.

El olor a podrido es un recuerdo antiguo y feo, que me inquieta sin que sepa muy bien por qué. Supongo que tiene algo que ver mi trabajo en una funeraria, no sé. Yo encontré al causante de la pestilencia, metiendo la mano hasta el fondo de uno de los altillos de la cocina. No veía bien lo que había. Tanteé y mi mano tocó sucesivamente un batidor oxidado, un molde de aluminio para tartas y unas bolsas vacías de plástico dispersas sobre la formica. Cuando me disponía a retirar la mano y a proseguir mi búsqueda en otros estantes, rocé con la punta de los dedos algo jugoso y humedecido, que hormigueaba con un pulso tembloroso. Busqué la punta, empinándome sobre el taburete al que estaba subida, y conseguí agarrarlo entre mis manos. Era suave, y obscenamente blando. Tiré hacia fuera con curiosidad. Cuando lo tuve a la vista sentí una oleada de vómito que me subió hacia arriba hasta cegarme los ojos; mi estómago era como un vaso que se ha llenado demasiado. El fiambre ardía de vida, aunque era consciente de que no había sido vida creada por generación espontánea (yo ya había estudiado a Pasteur). Pequeñas lombrices de colores tibios y fuliginosos se retorcían enfurecidas. Unos diminutos gusanos claros, como pelos de armiño, hundían sus cuerpos vacilantes en la carne putrefacta. Observándolos de cerca podía apreciarse la sangre corriendo debajo de su traslúcida y delicada piel, bombeando de forma incansable, arriba y abajo de sus cuerpos menudos y exaltados. Zumbó un insecto y, de repente, aquel sonido ensordecido y monótono, como un poco irritado, me pareció insoportablemente sucio, concreto. La llamada surreal de algo que no existe y que sin embargo nos reclama; de algo viejo, astuto e indefinible que no podemos ignorar. Después de sostener en la mano el salchichón podrido durante unos segundos, lo tiré al suelo y supongo que di un grito liberador que atrajo a mis hermanas y a mi madre. Lo miré todavía un poco más, tendido en la cocina, reluciendo en su perversa oscuridad sobre el linóleo blanco del suelo. Tuve una arcada, me pareció que salía vapor, un vapor inmundo del despojo aquél. Me pareció oír ruidos, crujidos, siseos y rasgueos, y vomité al lado, ante los aspavientos de mi madre que aseguraba que no era para tanto.

Bueno, quizá no era para tanto. Pero nunca lo inanimado, la carne muerta, la muerte, me habían parecido tan terriblemente vivos.

Y esa idea se me hizo insoportable.

Un mes después de aquello dejé la Universidad. Ya no quería ser bióloga. Y acabé trabajando aquí, en El Largo Adiós, la funeraria de don Juan Manuel Oriol, que me dijo «estoy encantado de que una casi licenciada en Vida me haga el honor de trabajar conmigo, en mi pequeño templo de la Muerte».

Supongo que soy de ese tipo de personas llenas de contradicciones. El señor Oriol es nuestro vecino, me dio el trabajo por eso, y porque su hermano pequeño —casi veinte años más joven que él—, siempre pareció que acabaría casándose conmigo.

La tía Mary no deja de repetir que es un excelente partido y que no se explica por qué tengo que andar pensándomelo. Aunque, evidentemente, yo no lo ando pensando; en realidad no he dedicado ni un solo minuto de mi vida a esa cuestión.

6

E l señor Oriol es viudo y no tiene descendencia. Padece
de meteorismo, lo que significa que sus tripas hacen
tanto ruido que se diría que intentan hablar y comu-
nicarse. Tal vez debería enseñarle a Gádor su método anticon-
ceptivo de corpore insepulto que creo fue el que usó mientras
estuvo casado. Entre él y su mujer, que en paz descanse, criaron
a su hermano pequeño, Edgar, como a un hijo. Don Juan Manuel
es un cinéfilo, y tiene una voz tan gutural y ronca que me da la
sensación de que está conteniendo un eructo todo el tiempo.
Cuando está solo, por las noches, ve películas de Max Pecas —
aunque él dice que sólo le interesa el cine español de tema
religioso, al estilo sádico de Marcelino pan y vino—, o de la
misma Doris Day, pero de la época en que todavía no era virgen.
Ciertamente, dentro de su taquilla tiene unas fotos de Manolo
Gómez Bur, Paco Martínez Soria y Fernando Fernán Gómez,
aunque eso a mí tampoco me dice nada demasiado tranqui-
lizador sobre él.

Don Juan Manuel es un veterano progresista que le da
demasiada importancia a cosas que tal vez carecen ya de ella. De
cuando en cuando me pega la vara hablándome de él y sus
colegas de juventud, y de su clásica y proverbial lucha contra el

franquismo, que perdieron al morirse el contrincante en su cama.
La primera vez que me comentó algo sobre el Partido, atiplando
la voz como si tramara una conspiración palaciega, yo pensé «¿de
qué jodido partido habla?, creo que hay unos cuantos...».

Luego me explicó que se refería al Partido Comunista; yo dije
«ah...», y me reconcomió sentirme tan influenciada por la cosa
cultural y la incultural a la vez, tanto como para perderme los
detalles de algunas conversaciones con según qué gente.

Veo su cara nada más cruzar la puerta y siento un nudo en el
estómago, o como si hubiesen hecho un nudo con mi estómago.
Hoy no es mi mejor día, tengo el trastorno mensual transitorio y
un miedo ya estructural a que me hagan papilla.

—Buenos días, Candela —me dice con una sonrisa que deja
ver todos sus dientes forrados de oro y otras diversas sustancias
menos nobles, que me recuerdan los azulejos desportillados de
un viejo lavabo de estación—. ¿Cómo estás hoy de los nervios?

—Fenomenal, de nervios estoy fenomenal. Quiero decir que
tengo bastantes; hasta demasiados para una persona sola; lo mío
es casi avaricia, como la acumulación de capital —respondo,
tratando de aparentar frialdad y sentido del humor; aunque,
como siempre, se me va un poco la mano—. Pero ya sabe, en este
mundo no sólo están el dolor y la tensión, ahí tenemos la muerte,
por ejemplo.

—Ja, ja, ja... Ya veo que te sientes mejor, ¿se te ha pasado el
malestar?

—Oh, casi por completo, como ve. Todo acaba pasando, por
fortuna. Creo yo.

—Tenemos otro cliente, Candela —me explica mientras me
mira como si yo fuese una hamburguesa calentita; o por lo menos
así me siento cada vez que me mira, porque lo cierto es que una
nunca tiene ni idea de lo que piensan o imaginan los demás en
concreto—. Pero es un, digamos que un converso.

—¿Converso a qué?

—A la religión islámica.

—Ah.

—No hay que embalsamarlo, de modo que no tendrás que ayudarme.

Mejor, lo único que me faltaba hoy era tener que magrear fiambres. No me siento con fuerzas.

—Según impone la tradición musulmana, su entierro se realizará lo antes posible. Creo que lo entierran en Granada, en un pequeño cementerio musulmán que concedió la corporación municipal hace un par de años. Matías, el chófer, lo llevará hasta allí; le he dicho que se haga acompañar por su hijo, es un viaje largo.

—Ah.

—Se llamaba Jesús Flox, pero cambió su nombre por el de Mohamé Alí, y no sé cuál de los dos habrá que poner en las coronas... Ni siquiera sé si habrá coronas. Creo que finalmente los cubren con una especie de manto con máximas coránicas bordadas, y eso es todo.

—¿Cambió su nombre?

—Evidentemente.

—¿Por qué?

El señor Oriol echa a andar por el vestíbulo hasta la oficina, y yo le sigo con la cabeza gacha.

—Supongo que así son las conversiones, ¿no? Uno se transforma para ser otra cosa, supongo que es como ese proceso que padecen, o disfrutan, quién sabe, algunos insectos. Como el ciclo vital de la mariposa. Pulpa, ninfa o crisálida, mariposa o imago. Un proceso espiritual en este caso, ciertamente. El caso es que era Jesús y ahora es Mohamé. Sus antepasados eran árabes.

Sí, claro. Y los de mi menda eran judíos, y no por eso voy por ahí dándome calamocazos contra las paredes a estas alturas de la farra.

—Me han dicho que no tienen seguro, de modo que el pago lo hará la familia en efectivo. Es una cantidad importante, Candela, y tú te ocuparás de cobrarla. He preparado todas las facturas, están... vamos a ver... —Sonríe coqueto y sacude su preciosa chimenea macrocéfala, tiene más cabeza que un saco de clavos—. Acabo de imprimirlo... y ya está... ¡Ajá!

Trata de hacerme creer que busca entre el desaliño de su mesa, cuando lo cierto es que ésta reluce como un lucero del alba y sólo soporta el peso de dos cuadernos forrados en piel de cabritilla, un antiguo tintero sin tinta y un pisapapeles de mármol rosa. Nunca he conocido a nadie tan ordenado, tan limpio y tan simple como don Juan Manuel, a pesar de que es de ese tipo de gente, tan abundante en nuestros días, que confunde sus problemas de estreñimiento con una atormentada vida interior.

La foto de su santa esposa preside todo un estante de la librería de caoba que hay a sus espaldas.

—¿Verdad que se parece a Ida Lupino? —me pregunta como siempre, mientras la contempla y suspira.

Yo me encojo de hombros. Me suena a apellido italiano, pero ni siquiera sé quién es la pava ésa, de modo que lo llevo claro si esto es una rueda de reconocimiento.

La santa, María de las Mercedes de Oriol, lleva unas trenzas como de macramé y luce una sonrisa desmayada y etérea, aunque sus ojos chispean como si acabara de meterse un buen speed de coca cortada con Metadrina. Edgar me dijo un día que su hermano no era de esos tíos que se van con putas, sino de los que meten a la puta en casa.

Ella murió hace diez años.

Pasamos al taller y don Juan Manuel me señala al transformado.

—Tendrás que arreglarlo un poco, eso sí. Ponle algo de maquillaje, vístelo y péinalo. Yo ya me he ocupado de..., bueno, del cuerpo.

Cuando el señor Oriol dice que ya se ha ocupado del cuerpo, utiliza una delicada metáfora para no tener que explicarme con detalle el penoso, largo y elaborado proceso consistente en tratar de disimular las horrorosas erecciones post morten de algunos difuntos. Lo cierto es que a las familias de los finados les resultaría un trago bien amargo verse obligados a contemplar a sus seres queridos empalmados debajo de los pantalones de vestir — chaqué en algunos casos, chilaba en éste—, tiesos en toda la generosa acepción de la palabra, incluido el cadavérico ciruelo.

Un día le vi utilizar, al borde de la desesperación, un bote entero de pegamento rápido industrial Loctite («acción instantánea, pega con eficacia incluso el hierro y otros metales pesados») con la indomable entrepierna de un militar de mediana edad sorprendido por la muerte en una de esas casas que antes se decían de licencia y latrocinio, y que ahora se llaman solamente de putas; un lujoso local que hay por aquí cerca.

Me alegro de que me quite trabajo este gran hombre, este empresario, esta cabeza importante de mi país que me paga con puntualidad cada fin de mes sin descontarme la parte correspondiente a las tareas que él hace por mí. Ingratas tareas, todo hay que decirlo.

—Ya ha empezado la rigidez como puedes observar, Candela.

Echo un vistazo al mullao transformista. Desde luego, por su aspecto yo diría que cuando empezó a criar malvas, este mojamé estaba en plena fase de crisálida, por no decir de pulpa. Tiene un careto sin ningún porvenir.

—En fin, te dejo con él.— Se dirige a la puerta dando unos pasitos de bailarín con hemorroides—. Que te diviertas, Candela.

Dios mío, este tipo es la novia de cada funeral y el cadáver de cada boda. Que se divierta tu padre, no te jode. Yo no podría confundir el trabajo con el placer teniendo este oficio. No creo que ni las pilinguis lo hagan. Odio a este tipejo al que hace poco menos de un minuto amaba con todo mi ardor juvenil y mis más cándidos sentimientos.

Me pongo la bata y los guantes, me cambio de zapatos y busco el material entre las estanterías metálicas. Detesto la luz artificial de buena mañana, me parece un desperdicio energético.

—Tú sí que estás hecho un desperdicio energético, ¿eh, amigo? —Le sonrío cariñosamente al fiambre, pero estos tipos con los que me relaciono en el trabajo son bastante insensibles.

Aunque supongo que ganarme aquí la vida tiene la ventaja de que no he de soportar acoso sexual.

7

andela, hay un... señor que pregunta por ti; está en la oficina.

Don Juan Manuel abre la puerta con delicadeza y asoma su calva, que empieza a tener el brillo y la suavidad de algo que trasciende lo meramente epidérmico; cuando gira el cuello, por encima del cogote le asoma tieso una especie de kiki formado por sus últimos pelitos rebeldes contra la alopecia, vestigios de lo que fue una melena adornada de remolinos en algún momento de la historia.

—¿Un señor...?

Levanto la mirada poco a poco, haciendo un esfuerzo de lentitud, como si la lentitud, ahora mismo, tuviera la importancia de un ejercicio matemático y hubiera que ejecutarlo con precisión infinitesimal. Tranquila, nena, me digo. No saben nada, ellos «no pueden» saber nada. Y nadie conseguirá leer en tu cabeza lo que estás ocultando. Tranquila, nena. Éste es el mejor de los mundos posibles; si todo sale bien, y estás tranquila, tendrás ocasión de disfrutar de este mundo tan..., tan conspicuo que está ahí fuera esperando. Mañana, pasado, uno de estos días. Pronto... Tranquila, nena.

—¿Y qué quiere? Ahora mismo estoy ocupada. —Pongo una

gruesa capa de polvos sobre la mejilla del difunto musulmán, que encima es pelirrojo, y arrugo el ceño malhumorada, como si fuese una artista interrumpida en un rapto divino de creatividad. Debo aparentar que mi trabajo es de una delicada importancia para que el orden del mundo pueda mantenerse estable. Es lo que hay que intentar que piensen los demás, cualquiera que sea el currelo que una tenga, o corremos el riesgo de que nadie nos tenga respeto ni a nosotros ni a la mierda que hagamos.

—Es un miembro de la familia..., esto, ¿recuerdas la familia de etnia gitana de anteayer? —El señor Oriol pasa al taller, y cierra de nuevo la puerta a sus espaldas, en sus ojos brilla la emoción reglamentaria que le procura el lenguaje políticamente correcto—. ¿Los que perdieron a su querido patriarca y se sentían transidos de pena? ¿Los que te proporcionaron ese bonito dolor de cabeza que te tuvo un día apartada del trabajo por baja médica?

Vuelvo a fruncir el ceño con, digamos, inteligencia; aunque nunca he sabido qué inteligencia puede haber en fruncir el ceño, ésa es una expresión que me agrada. Don Juan Manuel sonríe como una colegiala seductora.

—Uno de ellos. —Se frota las manos; siempre parece que lleva crema o algo, pero no es cierto, es tan sólo una manía de maníaco—. El alto con la melena rizada, ¿te acuerdas? Además, me ha contado que fue campeón olímpico en ciento diez metros vallas. Medalla de plata. Cualquiera lo diría, ¡campeón olímpico!, pero según se explica se pasó toda su infancia y adolescencia huyendo de la policía por su barrio, y saltando obstáculos, hasta que un inspector le presentó a un entrenador que conocía. —Me mira con cara de playboy, o lo que él cree que se le parece—. Un tipo muy apuesto nuestro campeón olímpico, por cierto. Quizá lo impresionaste gratamente y quiera tantear la posibilidad de salir contigo... Un tipo muy apuesto, sí. De etnia gitana, evidentemente.

—¡¿Otra vez los gitanos?! —grito yo, mucho menos correcta

que mi jefe. En efecto, como me temía, es el Antonio de mis horrores que trae a su hermano, el campeón olímpico, para que muerda el anzuelo y me deje pescar. Y me temo que no tengo fuerzas para recitar oraciones ni celebrar sacrificios rituales, de modo que me enfrentaré con la dignidad de un cerdo a mi propia matanza.

—¡Shssss! Baja la voz, puede oírte. Y no me seas racista, Candela.

—Bueno, yo sólo soy racista en el buen sentido de la palabra. Mi padre era racista también en el buen sentido. Y mi abuela sigue siéndolo. No es nada malo, a ellos les pasa lo mismo. No nos entienden a los payos.

—Sal fuera, Candela. No quiero que se pongan como la otra noche. Mis nervios tampoco lo resistirían, y yo no puedo darme de baja, como tú.

—Está bien, usted manda. Dígale que me espere un momento mientras me lavo.

8

¿Cómo empezó todo? Bien, es posible que por uno de esos virajes imprevistos con que el azar pilota a la vida. Nunca he tenido pasta, money, dinero, euros o como se diga ahora; nosotras hemos ido sobreviviendo a remolque de la riqueza de la tía Mary y del dinero que ganábamos honestamente, ya que jamás hemos tenido la oportunidad de ganarlo de otra manera; y aunque juego a la lotería con mi abuela, todavía no hemos ganado nada.

Yo solía pensar que, si no fuera porque tengo mala suerte, podría asegurar que no tengo suerte ninguna. Intentaba consolarme a mí misma diciéndome aquello de «¿de qué te quejas?, ayer no tenías ni un euro en el bolsillo, y hoy tienes un euro en el bolsillo»; pero casi nunca me consolaba lo bastante. La pasta no da la felicidad, pero ayuda a superar el trauma de su ausencia.

Hasta hace dos días, el único bálsamo de mi vida era Epicuro y un puñado de presocráticos, cuyas enseñanzas seguía entre escéptica y apasionada, según mi ánimo imprevisible o las necesidades de mi espíritu. Estaba convencida de que debía agradecer a la naturaleza el que me hiciese fácil de alcanzar lo necesario, y costoso de obtener lo innecesario. Sé que la abundancia es absolutamente superflua, aunque en un mundo devastado por la tiranía de la abundancia o la escasez, sostener esta idea requiere un costoso esfuerzo de la voluntad. La autosuficiencia es un gran bien, aunque es cierto, asimismo, que aún no la poseo más que en un sentido estrictamente físico; sin embargo me bastaban esas pocas cosas que tenía, no teniendo muchas; goza con más placer la abundancia quien no necesita de ella, yo por ejemplo. Por eso sé que gozaré de esto en cuanto pueda disfrutarlo. Ni siquiera Epicuro aconsejaba que hubiera que conformarse con tan poco como lo que yo tenía. Una sobria mesura, por lo pronto, estará más que bien, será el fundamento de mi felicidad venidera, una felicidad que la naturaleza me regala, que es limitada pero fácil de adquirir. Y como la prudencia es el más excelso de todos los bienes, y yo creo poseerla, la usaré hoy, y mañana, y pasado y al otro... No temo a la justicia porque lo que tengo me lo ha dado la misma naturaleza, y soy consciente de que la justicia no es algo innato en los seres humanos, sino un acuerdo social que varía según las circunstancias y el momento histórico. No he cometido un delito, ni siquiera he caído en la vanidad de la codicia; sólo he tomado lo que de manera tan sencilla la naturaleza ha puesto en mis manos.

Y espero salir indemne de esto, la verdad.

La otra noche, cuando me llamó mi amiga Coli, todo cambió de manera sustancial para mí. Ha llegado la hora de jugar, y sé que mis números son los ganadores. Sólo espero escapar con vida para cobrar el premio gordo.

Mi amiga Coli se llama Flor, pero tiene tendencia a engordar, o a no adelgazar, y no creo que esa particularidad suya sea consecuencia de su naturaleza vil, como alegó su último novio, sino que me parece una hembra vistosa, grande y sugestiva que hubiera tenido más posibilidades de apareamiento que yo en un tiempo en el que a los machos humanos les llegaban las nalgas de las mujeres a la altura de sus narices cuando corrían detrás de ellas. Todo el mundo la conoce por Coliflor. En realidad yo soy la única lo bastante educada para llamarla Coli. Que yo sepa es una de esas pocas mujeres —por supuesto descontando a Brandy—, que tienen una verdadera vocación de mujer objeto llevada hasta extremos psicóticos. La única que conozco que confesaba abiertamente que ella se había matriculado en la Universidad por algo más que por aquella pintada en la puerta que denunciaba «Todos los días intentos de violación en las aulas». Decía que, además, también quería aprender un oficio y ganarse la vida. En el segundo curso de carrera, ella se cambió de facultad, dejó la Biología y se pasó a la escuela de enfermería; acabó enseguida y encontró un trabajo de noche en un hospital. Nos suministra muchos clientes a don Juan Manuel y a mí. Cada vez que alguien la palma, habla con los familiares y les da nuestra tarjeta de visita. Jamás le hemos dado comisión. La comisión me la llevo yo, un diez por ciento si no está asegurado, y un cinco si lo está; y después salgo un par de noches con la Coli a recorrer bares de ligue, sirviéndole de cebo para que ella pesque a algún noctámbulo desesperado o con desprendimiento de retina.

Conozco a Coli desde el preescolar; entonces ya era como ahora, una especie de general Norman Schwarzkopf con chupete y una idea fija: encontrar hombres que le partieran el corazón.

La otra noche yo estaba aquí, en la capilla que usamos como sala de velatorios y donde teníamos alojada a una anciana cuya única compañía fue el ex amante de uno de sus nietos, un chico muy atribulado y sensible que gimoteó durante media hora y se despidió de mí dándome un abrazo y el pésame. Le di las gracias educadamente, él desapareció y yo me quedé con doña Amparo unos minutos, después me fui a la oficina, me senté en el sillón del jefe y leí un rato enterándome de que, según Epicuro, vivir y morir bien son una idéntica cosa para el sabio, el hombre feliz. Empecé a preguntarme, cuando sentí que el sueño me vencía, si quizá no sería capaz de encontrar, entre los vídeos de Doris Day del jefe, la perla *The Lina Romay File, the Intimate Confessions an Exhibition,* con una introducción de Jess Franco, porque juraría que había entrevisto la carátula de esa cinta cuando, la tarde anterior, el señor Oriol dejó un momento las bolsas de la compra en el suelo mientras pasaba al taller a recoger algo. En cuanto me acerqué a la estantería donde se apiñaban las películas, sonó el teléfono y, como siempre que suena aquí ese chisme y yo estoy sola, di un respingo y estuve a punto de escupir mi propio corazón sobre el lomo de *Tengo diecisiete años,* de Rocío Dúrcal.

«¡Diga!», grité.

«¿Eres tú, Candela? Mierda, mierda, mierda...»

«Oye, tía. La mierda para ti, ¿vale?, metida en un bocadillo.»

Estoy ya acostumbrada a ese tipo de llamadas.

«¡No cuelgues, soy yo, Flor! ¡No cuelgues, joder!»

«¿Coli?, ¿pero se puede saber...?»

«Tienes que venir al hospital, tía, por favor. Estamos aquí Héctor y yo solos en la planta, y Héctor está haciendo las prácticas, joder, ni siquiera se ha licenciado aún en medicina. Y yo estoy..., tía, no sabes cómo estoy.»

Cuando consiguió tranquilizarse lo suficiente, conseguí entender lo esencial: había un cliente, pero era gitano, y la familia de órdago. Dejé a doña Amparo sola, puse el contestador automático, cerré la puerta y cogí un taxi.

Un diez por ciento no es ciento, pero es más que cero por ciento.

Poco después llegué al hospital; Coli estaba en la puerta esperándome y fumando como un carretero.

«Vente por el otro ascensor, no quiero que te vean», me dijo. «Lo tenemos en una habitación para él solo. No le dio tiempo ni de ingresar en la UCI.»

«No te pongas así, cariño. Tampoco es como si estuviésemos traficando con bebés, ¿no?», la tranquilicé. «Sólo vamos a darle un digno y merecido descanso a otro hijo de Dios, ¿no?»

«¡Ja!, tendrás que hablar tú con ellos. Ni Héctor ni yo somos capaces de darles la noticia.»

El patriarca yacía boca arriba en un cama articulada, de las de la Seguridad Social, con sábanas blanquísimas estampadas con grandes letras donde podía leerse que el nombre del espónsor y anfitrión del fiambre era Insalud. Su nariz prominente y morena apuntaba al cielo raso, era flaco y nervudo y parecía sacado de un libro de ciencias antinaturales. Tenía el sombrero puesto y agarraba con una mortal determinación un bonito bastón bastante grueso y con pinta muy contundente cuya parte central era de una especie de cristal traslúcido lleno de un líquido que parecía agua. A pesar de que llevaba tres horas muerto todavía tenía el gotero del suero puesto, y estaba conectado a varios aparatos médicos cuya lectura era unánime y concluyente: cero absoluto, kaput.

«¿No le pensáis quitar nunca el suero?, lo vais a hinchar y cuando llegue al Largo Adiós probablemente se me estará meando un par de horas. ¡Mira cómo la sonda se la habéis quitado ya...! Le podíais haber dejado la sonda puesta. Será un diluvio», me quejé con amargura. Esas cosas pueden ocurrir después de que uno estire la pata. Y otras peores. Incluso para hacer ese último viaje es mejor subir al tren cagados y meados de antemano, porque después ya no le permiten a uno hacer paradas.

«Es que ellos no saben que está muerto», me dijo Héctor en un susurro. Tenía cara de crío y unas gafas de tal tamaño que destrozaban con creces lo que podría haber sido una relación armónica con el resto de su cabeza.

«¿Ellos?»

«¡La familia!, por eso te hemos llamado, para que tú se lo... comuniques. Llevan tres horas gritando y jurando que si le pasa algo a su papa se les irá a todos la pelota. "¡Mi papa! —dicen—, si se muere mi papa que traigan a la virgensica y nus lo resusite, daquí no sale un matasanos vivo si no sale vivo mi papa." Estamos acobardados. El viejo tenía un enfisema pulmonar. Ya había estado ingresado otras veces. Cuando lo trajeron esta noche estaba inconsciente, pero no le podíamos quitar el puro de la boca...» Coli tomó aliento, jadeó un poco y miró al viejo con ojos espantados. «La madre que lo parió, al papa...»

«Les hemos dicho, sobre todo a la mujer del viejo, que es la única que no parece sorda, que está muy grave, que no se hagan ilusiones...», Héctor me miró como si yo fuera su cirujano jefe.

«Yo les he aconsejado que, una vez que lo pierdan para siempre, porque es ley de vida perder a la gente, y más a estas edades, lo mejor que pueden hacer es darle un entierro por todo lo alto. Se nota que son traficantes de droga, o joyeros, qué sé yo, banqueros... Deben de tener pasta gansa que te cagas.»

«Hace un cuarto de hora le he dicho a la esposa, que ya te digo, es la única que está algo tranquila, que empeora gravemente por momentos, pero que sería mejor que no armasen mucho jaleo porque eso podría matarlo —Héctor sudaba y se secaba la frente con un pañuelito blanco de papel—, que con todo el jaleo que han armado quizá ya sea tarde, que incluso pueden haberle dado el golpe de gracia ellos mismos. Y no sólo a él sino también al resto de los enfermos de la planta, que están bastante pochos...»

«¿Y el sombrero y el bastón?», pregunté señalándolo.

«No ha habido manera de quitarle ni lo uno ni lo otro; los hijos nos han dicho que si tocamos a su papa, que en la vida se ha quitado el sombrero ni se ha desprendido del bastón desde hace la tira de años, nos van a dejar la cabeza a Flor y a mí como un cojón de pato viudo.»

«¡Dios mío!, ¿y eso qué significa?»

«Nada agradable, imagínatelo —Héctor lanzó una mirada pusilánime al cadáver, y luego a la puerta—; tengo un paciente con un neumotórax en otra habitación. Debo ir a verlo. Si tú no consigues explicárselo y sacar a este tipo de aquí, tendremos que esperar hasta mañana cuando entre el próximo turno, y Flor y yo nos la cargaremos por haber mantenido a un paciente muerto durante diez horas sin extender el certificado de defunción en su momento correspondiente y hacer que se lo lleven al depósito. Pareceremos dos idiotas que no saben distinguir la vida de la ausencia de constantes vitales, y quizá nos saquen en el periódico como otra de esas supuestas negligencias o incompetencias médicas», terminó su perorata con una sonrisa de desdén.

«Candela —Flor me cogió de las manos como si fuese a pedirme en matrimonio—, va, inténtalo tú, ¿quieres?, si se ponen bordes, como tú no eres de aquí, te largas y en paz, esperamos hasta que sean las ocho de la mañana y cargamos con lo que sea. Pero si te hacen caso, como no quieren que cuando se muera lo lleven al depósito, y la muerte ha sido natural, llamamos a la ambulancia y que te lo lleven a la funeraria, lo pones guapo, le hacéis lo que tengáis que hacerle, y todos contentos. A mí me va a dar una embolia si esto dura mucho tiempo más. He visto a uno de los hijos con una faca así de grande... Dice que se llama Antonio y que ojito con su papa, no vayamos a creernos que el viejo es una mierda pinchada en un palo. Nada más verlo me ha subido la tensión a quince, ¿a que sí, Héctor? Que te lo diga Héctor, que me la ha tomado.»

«Vale —dije yo con mi natural inconsciencia—, vale, pero no te pongas de rodillas, por favor; detesto a las mujeres que se humillan a las primeras de cambio.»

Y los dos suspiraron aliviados.

9

Entonces empezó a brillar mi buena estrella. Sí, tuve suerte, mucha suerte. Aquello fue el comienzo de la mejor racha de suerte de mi vida, que espero no termine con mi cabeza disecada adornando el comedor de la familia Amaya.

Me puse una bata, salí al pasillo iluminado tenuemente y hablé con la viuda que estaba sentada, abanicándose en un desvencijado sillón de eskay. El grueso del pelotón familiar roncaba en la sala de espera fuera de la planta, exhaustos después de haberse desgañitado gritando «mi papa, mi papa». Fue más fácil de lo que creía, quizá porque la esposa del difunto no tenía tantos prejuicios a la hora de asumir su nuevo estado civil como el resto del clan. O tal vez pensó que le sentaría bien el negro.

Era una señora bajita, con un moño negrísimo sobre la nuca, recia y taciturna; se me echó al cuello sollozando que qué se le iba a hacer, que ella ya lo sabía, y que qué papeles había que firmar, que era mejor no despertar a la familia, para que les diera tiempo a descansar un ratico, y que, en fin, que yo tenía una cara muy bonita y que me lo podía llevar a la funeraria y prepararlo todo para el día siguiente, que qué mejores manos que las mías para su Joaquinico el Serio. Le hubiera gustado arreglarlo ella misma con la ayuda de sus primas y sus nueras, pero se hacía el cargo de que corrían otros tiempos. Y el dinero no era un problema. Quería el servicio más caro de todos.

Tuve la impresión de que, en realidad, lo que no quería era volver a ponerle la vista encima a su cónyuge. Llevaban cuarenta y cinco años de casados y tengo entendido que, en ocasiones, el amor se acaba.

«Cuarenta y sinco años, lacorrilla mía, sinco hijos y entoavía mi buscaba... Como no mabía visto en cueros en toíta su vía, mantenía la ilusió, el pobresico... ¡Ay, mi Joaquinico!», me dijo secándose una lágrima y dando un gemido que la estremeció y consiguió que la uve de su escote se agitara y la piel se le rizara en pequeñas olas carnales y vibrantes.

Luego me confesó que ella ya sospechaba cuál sería esta vez el fatal desenlace de la enfermedad de su marido. Por primera vez, me dijo, en diecisiete años, el Joaquinico había dejado la cabeza quieta, y ella supo enseguida que eso no era buena señal. Ni siquiera cuando lo ingresaron en el hospital las doce veces anteriores, Joaquinico había dejado de decir con la cabeza que no, que no, que no... Era un tic que tenía desde hacía ni más ni menos que diecisiete años, y a lo largo de todo ese tiempo su marido no había parado ni mientras dormía. Que no..., que no..., que no...

Yo le pregunté amablemente a la señora que por qué decía que no, y Remedios Monge de Amaya me respondió, con una adusta expresión al estilo de su difunto marido, que porque el día que enterraron a su suegra, hacía diecisiete años, Joaquinico se disponía a abandonar la comitiva fúnebre y dejar a las plañideras en el camposanto mientras él se encaminaba a su casa fumándose un purito y pensando que su santa madre ya no iba a sufrir más, pero que allí se quedaba, en un triste agujero, cuando al pasar al lado de una lápida vio salir una mano desde dentro de la tierra que sostenía un cigarro, y una voz que decía «¿me da usted fuego?». El gitano miró la mano con horror y empezó a decir frenéticamente que no con la cabeza, que no tenía fuego, que no..., que no, joder, que no... No dejó de decirlo ni cuando uno de los operarios del cementerio, que estaba cavando una nueva tumba, salió detrás de la mano aparentemente sobrenatural y se quejó de que «pues, hombre, yo veo que lleva usted un buen puro encendido. Así que, fuego sí tiene...».

Joaquinico le dio fuego, yerto y humedecido, porque el susto que acababa de pasar le dejó rastros en forma de orines churreteados en la ropa interior; le encendió el cigarro al buen hombre sin decir ni una palabra, pero negando sin parar con la cabeza: que no, que no..., que no, a pesar de todo.

A partir de ese día le llamaron Joaquinico el Serio —Remedios no recordaba haberlo vuelto a ver sonreír, ni siquiera cuando dormían juntos—, y no había dejado de mover la cabeza de un lado a otro en un gesto de negación... Hasta aquella noche cuando lo ingresaron en Urgencias. Mientras había podido decir que no, había espantado a la muerte, en cuanto dejó de negarse, lo agarró la muerte por los cojones, en expresión de Remedios; ella lo vio claro como el agua esa misma noche, por eso sabía que todo estaba perdido y no podía echarle la culpa ni al médico ni a la médica, aunque fueran payos y tan jovencillos.

Remedios volvió a dar un estentóreo suspiro, empezó a rezar en voz alta y yo temí que fuese a despertar al resto de la cuadrilla, así que me la llevé hasta la habitación de las enfermeras.

Héctor y Coli extendieron el certificado de defunción, la mujer firmó los documentos, y mi amiga llamó a unos camilleros que sacaron al gitano viejo, regio y tieso, tocado de sombrero y bastón, por la escalera de incendios.

Una ambulancia nos dejó en El Largo Adiós.

Mientras contemplaba al anciano sobre nuestra mesa del llamado cariñosa y eufemísticamente «taller», yo aún no sabía que aquél era mi hombre.

10

Una vez Bely me preguntó que cómo embalsamábamos a los muertos el señor Oriol y yo. Le contesté que era una operación lenta que debía ser ejecutada con mucha delicadeza y que consistía básicamente en introducir en el cuerpo del finado una mezcla debidamente ajustada en distintas partes proporcionales de azufre vivo, tártaro, picole, sarcocola, sal común recocida, petróleo y flor de caléndula, hervidos con una espátula de hierro e introducidos a alta temperatura por varios orificios naturales del cuerpo, que después debía ser envuelto en hojas de laurel con un par de dientes de lobo. Que también se le ponía un emplasto en los ojos fabricado a partir de dos onzas de cardamomo, igual cantidad de granos de paraíso y tres gramos de ámbar gris mezclados con azúcar moreno, y que más tarde se dejaba macerar el cadáver tres horas a temperatura ambiente.

Mi hermana pequeña se lo creyó todo, aunque por supuesto no era más que una simple broma para no tener que confesarle que el acto de embalsamar se parece mucho al de fabricar encurtidos, y que yo soy una mera ayudante del señor Oriol y la mayor parte del tiempo mi tarea consiste en lavarle la cara, maquillar y vestir al fiambre, enseñar a la familia varios catálogos para que elijan ataúd y demás accesorios del servicio, y ocuparme de cobrar las facturas.

Cuando tuve ante mí a don Joaquinico Amaya, imaginé que lo mejor sería no despertar al jefe a aquellas horas, porque pronto amanecería y haría acto de presencia oliendo a chocolate con churros y perfume Chanel y mirándome como si en realidad todavía no hubiera desayunado. No, lo más conveniente sería ir desnudando al viejo, para ir adelantando faena y poder largarme en cuanto don Juan Manuel apareciera por la puerta; así tendría tiempo de echar un sueñecito por la mañana hasta que, por la tarde, volviera de nuevo a completar el trabajo.

Cuando le quité el sombrero, después de tirar de él con todas mis fuerzas, descubrí una hermosa mata de pelo negro, a pesar de que su propietario ya debía rondar los ochenta.

—Venga, abuelo, que te voy a dejar como un pimpollo —le dije; me gusta, a pesar de la indiferencia con que me tratan mis clientes, darles un poco de charla; me parece que están verdaderamente solos, y tengo un alma compasiva y un superávit de asuntos de conversación al que dar salida.

A don Joaquinico, que ahora pintaba en la vida lo que un perro en misa, creo que le daba igual si parecía un pimpollo o no, o si lo vestíamos de fraile o de drag-queen, estaba ya tirando millas. Empecé a desnudarlo, y me di cuenta de que el bastón entorpecería la operación, por no decir que la haría imposible. Por las mangas de la bata de la Seguridad Social cabría, pero no por el traje que habría que ponerle luego; lo mejor sería quitárselo y colocarlo después entre sus manos, cuando estuviera vestido. Era un bonito bastón, bajo la empuñadura el cristal esmerilado dejaba traslucir la blancura perfecta del agua. Me recordaba a esas bolas de nieve que tanto me gustaban de pequeña, esas que al agitarlas dejaban caer una rápida nevada artifical sobre unas figuras diminutas, o un pueblecito con los techos de las casas blancos simulando hielo. La diferencia era que el bastón no tenía nieve, de modo que no servía de nada agitarlo para extasiarse contemplando el efecto de los copos falsos deslizándose suavemente hacia abajo por el agua; pero las formas talladas del cristal otorgaban al interior una apariencia vagamente caleidoscópica. Agarré los dedos del señor Joaquinico y traté de abrirle la mano para amputarle aquella pieza de artesanía que ya era parte de su cuerpo.

—No te preocupes, compadre —le susurré mientras tiraba con fuerza—. No te lo voy a quitar, sólo pretendo ponerte guapo. Vamos, suéltalo. Te lo volveré a dar en cuanto te desnude. Te lo llevarás a tu nuevo barrio contigo. No hay problema, amigo.

Forcejeé con él desde distintos ángulos sin más resultado que un enrojecimiento en mis nudillos y un golpe que recibí en el codo con la esquina de la mesa sobre la que estaba tumbado el viejo gitano. Don Joaquinico era reacio a soltar prenda. Cuando empezara a ponerse tieso de verdad sería difícil sacarle de la mano derecha su trofeo aun usando una camioneta de vaselina y unos fórceps.

—Te estás pasando un gramo, colega. ¡Que lo sueltes te digo, Joaquín, hombre! —Insistí y tiré y tiré sin desmayo; empezaba a tomármelo como algo personal, aunque hubiese sido mucho más fácil para mí arrojar la toalla y dejar que el señor Oriol se ocupara de aquella reliquia cabezona en cuanto llegara; a él se le dan mejor que a mí estos tíos duros.

Descorazonada, puse un CD en el pequeño equipo de música del taller, y oí a Juan Perro diciendo poco menos que cuando des con tus huesos en el suelo, y la cuerda no dé más de sí, deja en tierra todo el peso, mira luego sobre ti, cómo lucen las estrellas en el cielo...

—Díselo tú a éste.

Como me resultó imposible desasirle los dedos del bastón, lo que no es raro si tenemos en cuenta que soy bastante floja, empecé a pensar que quizás habría alguna manera de desmontar el chisme, dejarle entre los dedos la empuñadura, que parecía de plata, y eliminar el resto del artefacto contundente. Si sólo sostenía el mango en la mano podría sacarle el camisón, vestirlo con facilidad y ahorrarme así tener que ir a trabajar por la tarde. De todos modos, su esposa no quería que lo embalsamaran porque sospechaba que para hacerlo tenían que meterles a los muertos algo por el culo.

Si lo dejaba arreglado podría quedar con Coli y salir a dar una vuelta en lugar de recibir a los calorros y su inconmensurable dolor armado de navajas.

Tenía mucho sueño; esa noche, entre doña Amparo y don Joaquinico, no había pegado ojo, cuando normalmente, si tengo que hacerme el nocturno, duermo en un pequeño cuartito al efecto que tiene dos camas en litera; una es mía y la otra del señor Oriol. Jamás hemos coincidido ambos, y ambos tenemos nuestras propias sábanas. Si no hay ningún cadáver en el negocio, puedo dormir a pierna suelta, aunque con la alarma conectada, todas las luces encendidas y la música puesta a un nivel razonablemente estentóreo; pero cuando hay alguno, aunque no tenga familiares que vayan a velarlo, no puedo pegar ojo ni usando como rímel el Loctite de mi jefe, especial para soldar hierros y braguetas rebeldes. Y si no duermo, al día siguiente veo menos que una picha con flequillo, y estoy de mal humor.

Empezaba a estar de mal humor.

—¿Y luego os quejáis de racismo? —recriminé a el Serio—. Pues dime tú quién es aquí el racista. Estamos tú y yo solos; yo no lo soy y es uno de nosotros dos, ¿quién es?

Mientras le hablaba examiné cuidadosamente el bastón, parecía que se atornillaba en la base del puño de plata y relucía con una pátina suave adquirida con el uso.

—¡Ajá!, ¡eso es, chaval! En esto hay truco, pero...

Había que presionar un engarce, como los que tienen algunas piezas de joyería, lo que liberaba una especie de interruptor que, hundiéndose un milímetro, permitía girar la empuñadura hasta desenroscarla del resto del bastón; yo giré el resto del bastón, como es obvio, dado que el puño lo sostenía mi querido amigo y se negaba a colaborar. Cuando ambas partes estuvieron separadas, el agua chorreó el pecho del Joaquinico.

—¡Vaya, vaya, vaya toalla! ¡No te me vayas a mojar, o luego tendré que secarte! Ya tienes bastante con echar la caña por abajo, con todo el suero que te han metido en el cuerpo esos dos graciosos del hospital.

Me dirigí hacia el fregadero de aluminio dispuesta a tirar el agua del bastón por el desagüe. Lo sostenía boca arriba, y cuando llegué le di la vuelta y arrojé el líquido. De repente el bastón se alivió de peso más de lo que cabía esperar, y cayeron uno tras otro...

Afortunadamente, el desagüe del fregadero tiene una fina rejilla que tamiza lo que echamos allí, mi jefe la colocó porque un día perdió un pequeño gemelo de oro mientras se lavaba las manos. Algunos eran tan pequeños que habrían desaparecido tubería abajo sin que yo pudiera evitarlo. Pero otros no, otros eran tan enormes que no hubiesen cabido por el sumidero.

Diamantes. Eran diamantes. Aquello no tenía pinta de bisutería; algunos estaban tallados y otros no lo parecían. Cogí uno al azar, fascinada y medio entontecida por la sensación de sueño e irrealidad que me estaba sacudiendo el cerebro, y lo miré bajo la luz de un foco. Era una pequeña fantasía traslúcida y perfecta, lo más hermoso que había podido ver tan de cerca en toda mi vida. Los cogí con precaución, no me podía creer que aquello me estuviera sucediendo a mí, de modo que actué con tanta naturalidad como si así fuera, como si no estuviera sucediendo: probablemente yo estaba tumbada en mi litera, y soñaba, soñaba con lo que quería soñar, soñaba con cristales perfectos que la naturaleza había tardado millones de años en fabricar, lentamente, sin prisas ni errores absurdos de montaje final, igual que si fuese consciente de lo que hacía, de la obra maestra que estaba alumbrando... ¿Estaba dormida? ¿Deliraba por el cansancio? ¿Desde cuándo había empezado yo a tomar drogas sin saberlo?

Cogí uno enorme, del tamaño de media nuez, y me lo metí en la boca, sin pensarlo. Traté de masticarlo, de desgastarlo chupándolo como si fuese una chuchería... Pero no cedió ni ante mis dientes ni ante mis papilas gustativas. Lo noté en el cielo de la boca, y luego chocando contra mis muelas, golpeando mi paladar, haciéndome constar su dura e inequívoca presencia. Ah, no, no era un sueño; aunque no dejaba de serlo, bien mirado.

Los pesé en nuestra balanza de aluminio poniendo una auténtica devoción de creyente en la tarea. Eran quinientos setenta y cuatro gramos de diamantes.

¿Debía devolvérselos a su propietario? Miré al propietario y me dije que al propietario le importaba tanto que yo le devolviera los diamantes como que le diera una patada en el culo.

¿Debía devolvérselos a la familia? Probablemente la familia ni siquiera sospechaba lo que el viejo ocultaba en el bastón; de haberlo sabido hacía tiempo que el bastón hubiese estado vacío, o bien su esposa no habría consentido que yo me hiciera cargo de su custodia tan fácilmente. Además, me dije, si los devolvía, ellos creerían que había más, que yo me había quedado con una pequeña propina por las molestias ante la eventualidad de que no hubiese recompensa, y tal vez me encontrara con algún problema más que añadir a mi siempre nutrida lista de conflictos existenciales. Por ejemplo: cómo seguir existiendo.

¿Debía devolver aquel tesoro adonde quiera que fuese?

Me encogí de hombros, después de reflexionar unos minutos y me dije que si los devolvía demostraría que soy de ese tipo de personas que se cortan los pies con tal de no tener que usar zapatos.

11

mador Amaya no es mi problema. Mi problema es su hermano Antonio, que parece un basilisco con Síndrome de Carencia Afectiva; pero me siento afortunada porque mi problema no haya venido hoy a verme; cuando los problemas se dignan hacer una visita personal a sus propietarios casi siempre es para comunicarles la mala noticia de que el resultado no se ajusta a los términos de la ecuación y hay que eliminar todas las operaciones intermedias. Pero, aunque Amador no sea el objeto de mis temores, podría muy bien serlo.

Me mira de arriba abajo con el descaro de los que se creen muy machos, o de los que a lo mejor lo son. O tal vez me mira como miran los dioses a los ateos, no sé. Tiene el pelo ondulado y castaño rozándole los hombros, y los ojos como aceitunitas verdes parecen estar riéndose de todo lo que ven. Si no fuera porque su familia es de nervios delicados y él se viste con menos juicio que una polla vendá, yo diría que es el hombre más atractivo que he visto nunca; eso sin recordar a mi padre, que sigue siendo el boss. El pájaro tiene su nido, la araña su tela y yo, por unos instantes, esa mirada salvaje con que me mira Amador.

No quiero ponerme blanda con los tíos; sobre todo si recapacito y convengo conmigo misma que éste de aquí delante, aunque no vaya armado más que de músculos y miradas sacrílegas, me puede rajar como huela a rancio.

Qué pena porque es un hombre tan... hombre, o esa sensación tengo yo ahora mismo. Ojalá pudiera caer en sus brazos sin caer en sus manos, como solía decirse antes.

Bah, no quiero pensar en eso. Encima es gitano; no quiero ni imaginar lo que diría mi madre.

En cualquier caso, Amador no se parece físicamente en nada a Joaquinico el Serio aunque, después de haber desnudado y amortajado al viejo, espero por su bien y por el de su mujer que se le parezca en algunas cosas.

—¿Cómo está tu mujer? —le pregunto después de excusarme educadamente por haber tardado en salir y cerciorarme de que, aparentemente, viene solo, sin el Antonio de mis temblores y sin ningún rifle automático a la vista.

—No estoy casado.

—Yo creí que la de la trenza larga...

—Es mi hermana Joaquina.

—Ah.

Lo miro un tanto turbada, no sé qué quiere de mí, y como sé que existe algo que él podría querer de mí, aunque no coincida con lo que yo querría que quisiese, me tiemblan las piernas y noto una terrible quemazón en el estómago, que tengo muy sensible.

—¿Tú amortajaste a mi padre, no?

—Sí, sí, yo misma.

—Y..., bueno, entonces tú sabrás qué ha pasado con...

Empalidezco por momentos, la debilidad me empieza a atacar al cerebro, que siempre es la parte que más difícil resulta protegerse con las manos. Cierro los ojos, tengo ganas de gritar, de llorar y de sentarme.

—...las joyas.

—¿Joyas? —pregunto como una hipócrita, como lo que soy.

—Sí, con las joyas.

—¿Qué, qué, qué joyas?

—Las que llevaba puestas.

—No te entiendo. —Lanzo miradas a los lados, buscando alguna salida; es fácil que la gente escape de las encerronas en las películas, pero no lo es tanto en la vida. Delante de mí, ante la única puerta de la oficina, está el cuerpo olímpico de Amador, interceptándome el paso. La oficina no tiene ventanas y da a un pasillo lleno de puertas a ambos lados que conducen a distintas estancias enormes y sin vanos de luz. La única parte de la funeraria donde aún se producen corrientes de aire, y hay puertas y ventanas que comunican con la calle y la incivilización, es el vestíbulo de la entrada, que está a unos buenos cincuenta metros de donde nos encontramos nosotros. Amador fue campeón en cien metros vallas, y yo tengo problemas para ganarle a mi abuela la vez para ir al váter. El negocio se airea mediante aire acondicionado, y a los muertos y a sus familiares les favorece más la iluminación artificial, de modo que no necesitamos balcones por los que entren rayitos de sol o por los que podamos tirarnos mi jefe y yo en caso de ser perseguidos.

Este trabajo no deja de tener grandes inconvenientes para mi salud.

—No sé de qué me estás hablando... —miento, y bajo la voz y la mirada hasta ponerlas al nivel del subsuelo. Me esfuerzo por adoptar una expresión tan clara de inocencia que me temo que es probable que parezca, no sólo culpable, sino convicta ya, y desde luego confesa.

—Del elefante, un elefante de oro —me aclara con una media sonrisa y cierta curiosidad brillando juguetona en la pared del fondo de sus ojos—. Enterramos ayer al viejo, pero no lo llevaba puesto. Mi madre quería la cadena de oro y el elefante. Dice que las trompas empinadas dan suerte. ¿Está aquí o no está aquí el elefante? Si no está aquí tendré que decirle a mi hermano Antonio que se pase por el hospital...

—¡Ah, el elefante! Dios mío, claro... —Noto cómo el pulso me vuelve a latir en las sienes y que la sangre comienza a descongelarse por las varices que se me acaban de formar en el cuello, y por mis venas, que hasta hace dos segundos creía rellenas de saliva helada—. ¡El elefante, claro!

Don Joaquinico llevaba al cuello una medalla de oro con un elefante grabado en relieve; por detrás tenía una inscripción que decía que el Elefante de la Fortuna, amuleto de la Magic Foundation Internactional, garantizaba la suerte continua a todos sus propietarios, y lo acompañaba con unas frases contundentes: «desde que tengo el elefante he ganado trescientos millones a la lotería en un mes», firmado A. J. Aubanel, un tipo que a saber quién era. La medalla era del tamaño de una galleta para perro y tuvieron que quitársela en el hospital; como el finado no pasó por el tanatorio está junto a su ropa en una bolsa que aún no ha recogido la familia porque yo, con los nervios, olvidé decirles que se la llevaran.

—No, a tu hermano Antonio no, no lo mandes al hospital. Si no hace falta... El elefante está en la bolsa. Había hecho un paquete, os lo pensaba mandar hoy mismo con un mensajero... También están dentro sus zapatillas, un cordelito que llevaba atado en una muñeca, la dentadura postiza con cinco muelas de oro..., le... le pusimos un postizo —aclaro con voz gangosa— y..., y un reloj de pulsera. El bastón ya sabes que no pudimos quitárselo, ni mi jefe ni yo.

—Ya lo sé, lo hemos enterrado con él. Quería que lo enterraran con él y le hemos dado el gusto, no vaya a ser que lo vean de aparecido por las noches, rondando la casa, y le dé un patatús a mi tribu. Eso que el bastón era de plata, purita artesanía..., mi padre fue platero de jovencillo, ¿sabes?, fue un manitas en muchos sentidos, digamos; el bastón lo montó él mismo para entretenerse hace un porrón de años.

—Ah.

—Le metimos también una foto del rey, porque estaba empeñado en que si se moría que no le faltaran el bastón, el sombrero y la foto del rey. Muy monárquico, mi padre... —me explica Amador, y me sigue mientras voy en busca de la bolsa—, tenía una enmarcada y colgada encima de la cama, al lado de una estampa del Niño Jesús en pañales, y ésa es la que le hemos echado dentro del ataúd. Una copia pequeñita, como las que hay en las escuelas, donde el rey tiene una cara de rey impresionante. Mi padre estaba convencido de que el rey en persona le había dado a él una pensión y había movido sus influencias para que me dieran a mí la medalla de plata en las Olimpiadas y me sacaran en los periódicos sin tener que matar a nadie. No hubo manera de convencerlo de que, las medallas que gané, me las sudé a..., a purito huevo, si me permites decirlo así, ¿entiendes?, sin la ayuda de Dios ni de sus representantes legales aquí en la tierra. Ni de reyes, ni de curas...

—Bueno, el rey ya no representa a Dios. Eso era hace mucho tiempo —le explico—. Ahora nadie se tragaría la bola.

—Mira, cuánto sabes tú, niña.

Amador no habla como un gitano, no arrastra las consonantes ni utiliza expresiones que yo no conozco, pero es indudablemente un gitano de una pieza. Mientras oigo su voz de suave acento andaluz detrás de mi espalda, me voy calmando poco a poco. Me pregunto si me estará mirando el trasero, aunque apenas se me note bajo esta bata informe y llena de manchas de maquillaje. Siento sus miradas en forma de escozor por mi nuca. Cada paso que doy es una terrible molestia para mis piernas.

—¿Te doy miedo, o qué? —Cuando nos paramos se coloca delante de mí, me mira directamente a los ojos y se acerca hasta casi rozar mi nariz con la punta de la suya—. ¡Que no te voy a comer, lirio!

Entonces yo, que a veces no sé lo que me digo, sobre todo si estoy sometida durante algún tiempo a una tensión insoportable, como es el caso, contesto con toda naturalidad:

—¡Qué más quisiera yo, encanto!

12

La tía Mary es como los medicamentos, lleva una advertencia que dice «manténgase fuera del alcance de los niños». Reconozco que mi sobrina tampoco es lo que suele entenderse por una criatura adorable, pero aun así. A Paula le gusta la gente tanto como a una mosca una ducha diaria, sólo habla cuando necesita pedir agua fresca, su mirada es acusadora y le hace a una sentirse culpable de todo lo malo que ha hecho en su vida, e incluso de lo que no ha hecho y ni siquiera se le ha ocurrido pensar; le hace a una sentir angustia sólo con mirarla, y no resulta nada fácil penetrar en su cabeza o sus pensamientos ni aunque una se ayude de un Black-Deker, una broca del ocho y un pulso bien templado.

—¿Qué le has hecho a la tita Mary? —le pregunto por enésima vez. Estoy convencida de que, sea lo que sea lo que haya perpetrado sobre la tía, no habrá sido lo bastante malvado, violento y destructor que se merece; pero me siento obligada a preguntárselo de la misma manera en que me siento impelida a madurar, envejecer y morir, o a presentar mi declaración anual a la Hacienda Pública. Porque hay cosas que rebasan mi capacidad de tomar decisiones y actuar con libertad absoluta, tal y como sería mi deseo.

La tía Mary está sentada en el sofá de cretona con estampado floral, abanicándose y entrecerrando con dramatismo los ojos. Vista desde aquí, parecería ante cualquier lego en esta casa una alarmante estampa del ideal fantasmagórico. Sacude sus rizos entrecanos y resopla por los finos labios, embadurnados de carmín marrón, con su acostumbrado descoco.

—Pero..., ¿me quieres decir qué te ha hecho la niña? —le pregunto a mi tía, dado que Paula se niega a responder y sale corriendo a ocultarse en la habitación que comparte con Carmina.

—¡Qué criatura más..., repugnante! —contesta Mary con ojos despavoridos donde todavía la rabia y la crueldad logran hacerse con un espacio enorme y palpitante, desplazando a empujones otros sentimientos más humanos como la humillación y el desconcierto—. Se nota que es hija de un albañil y de la pánfila de Gádor.

—Tía Mariana, no te pases. Además, no es más que una niña pequeña. ¿Qué te ha hecho? —insisto, mientras recojo un perrito azul de peluche y unos pantalones de muñeca—. Si me lo dices podré castigarla; o mejor: Gádor la castigará, que para eso es su madre. Pero no podemos castigarla sin saber qué ha hecho; y ella no quiere hablar ni tú tampoco. Te limitas a dar aullidos. Os dejo solas cinco minutos y... No puede ser.

—Es una criatura maléfica.

—¿Qué te ha hecho o dicho, si puede saberse?

De repente la tía Mary se agita nerviosa, se levanta un poco de su asiento y se estira los pantalones de viscosa hacia las ingles, luego vuelve a sentarse y se coloca con los dedos la raya de las perneras, procurando que su vestimenta no sufra con el desgaste que supone estar sentada o, mucho menos, ser usada simplemente.

—Me ha preguntado que si llevo puesta una careta. Y que por qué no me la quito para que me vea de verdad la cara. —Hace un puchero e inclina la cabeza abatida, sin duda esperando mi compasión, mi comprensión o mi consuelo, u otras posibles respuestas emocionales de carácter cristiano que, en estos momentos, no tengo en existencias o las tengo almacenadas para crear sensación de carestía entre los consumidores y poder especular con su valor de cambio en cuanto me decida a sacarlas de nuevo al mercado de las relaciones humanas. En resumidas cuentas: jódete, querida tía; te lo mereces por ser una bruja excelente.

No puedo contener la risa, y me doy la vuelta simulando que busco otros juguetes desperdigados entre los intersticios de los sillones o detrás de los cojines de ganchillo de la abuela. Me agarro el estómago que amenaza con estallar en medio del salón y chorrearlo todo con una carga generosa de hilaridad contenida y una tromba de malicia suficiente para ahogar a mi tía y acabar así, de paso, con otra más de mis preocupaciones más acuciantes.

—Es una niña, Mary...—mi voz suena gutural porque estoy estrangulando una carcajada en lo más hondo de mi tráquea y de mi corazón—. No es para tanto, no le hagas caso.

—¿Que no es para tanto? Espera a que llegue el día en que a ti te digan algo parecido. —Me mira con ojos de percherón encabritado y, suavemente, va apareciendo en ellos el bálsamo de la satisfacción anticipada; es obvio que cree que el tiempo, su gran enemigo, llegará a ser también su aliado desde el momento en que se convierta en enemigo mío y del resto de la humanidad. Sus ojos verdes, grandes y rasgados, me comunican la noticia: «a ti también te llegará», me dicen con sorna, «y entonces la que se tendrá que joder serás tú»; algo de lo que, por otra parte y quizá debido a mi trabajo actual, yo jamás volveré a dudar.

—Pero, Mary...

Ella se levanta y busca con la mirada la botella de Barbadillo que utilicé hace unos minutos para servirle una copa fría. Su trasero empieza a no estar en el mismo eje geométrico que su espalda y su cabeza, y sobresale por detrás como un montículo, dando la sensación de que está algo encorvada; lo que resulta más que una mera sensación, si nos atenemos a la verdad. Cuando localiza la botella se sirve otro vaso con manos temblorosas. Los nervios son una gran tara femenina. Como dice mi abuela, deberían vender las pastillas para los nervios en el supermercado, al lado de la leche desnatada y las compresas. Mary padece de los nervios; por alguna razón que desconozco se siente víctima propiciatoria de la vida en general, aunque yo opino que la vida no la ha tratado nada mal, después de todo.

Fue muy bella, lo sé porque he visto cientos de veces sus fotos de juventud, que ella se ha encargado asimismo cientos de veces de enseñarnos, y porque su casa es como una sala de exposiciones fotográficas donde el tema por excelencia parece ser el satanismo encarnado en su propia imagen tomada desde los ángulos más inverosímiles que cabe imaginar. Era guapa, lo acepto. Estudió mucho más de lo que normalmente las mujeres de su época y condición —que no estudiaban más que lo suficiente para aprender a leer, a escribir y a hacer cuentas— solían estudiar; incluso acabó el bachillerato superior. Se casó pronto con un tipo algo mayor que ella que poseía varias sombrererías de postín y otros tantos edificios de apartamentos de principios de siglo, algunos de los cuales, de no ser porque están llenos de inquilinos de renta antigua, valdrían una verdadera fortuna hoy día; otros ya la valen, y la tía los mantiene en su ruinoso estado actual esperando el momento en que pueda obtener de ellos el máximo beneficio posible. Su marido murió después de diez años de matrimonio, y desde entonces la tía Mariana es rica, libre y amargada. Su amargura no la produjo la falta de hijos, pues odia fervorosamente a los niños, ni la pérdida de su marido, al que detestaba franca y públicamente y al que había conseguido someter hasta convertirlo en una comadreja que se refugiaba a la menor ocasión en casas de mala nota, lugares donde encontraba sosiego y miradas lúbricas en vez de antipatía y repugnancia hacia su menudo ser; su amargura me temo que proviene de ella misma, de su incapacidad para amar a los demás y de una soledad que cada día la abruma un poco más con su peso. El marido de la tía Mary, en sus últimos años de vida, estaba convencido de que su mujer trataba de envenenarlo con la comida, y mi abuela dice que el pobre infeliz pasaba más hambre que el perro de un parado; dice que sólo comía a gusto cuando iba a su casa, a casa de mi abuela, porque según su opinión en los bares y en los locales de putas tampoco se podía decir que uno comiera como en el Ritz de Madrid.

Al enviudar, la tía Mary tenía todo lo que una mujer como ella —altiva, egoísta, tacaña y desagradable— puede desear, de modo que podía haberlo disfrutado en vez de estar siempre quejándose y agriando los días de las que la rodeábamos como si nuestra vida fuera un mal vino destinado a esa tonta corrupción que precede al vinagre.

—Un día, Candela, también te pasará a ti, y entonces lo comprenderás. Comprenderás cuánto duele que alguien te venga a decir que... —Toma un traguito de vino y hace una mueca despectiva que me tiene a mí por destinataria—. ¿Tú crees que vas a tener siempre veinticinco años? ¿Cuánto te falta para los veintiséis, eh? Un par de meses, si no me equivoco... Cumples veintiséis un día después de que Gádor cumpla veintisiete, ¿no? Bueno, pues aprovéchate ahora, porque un día empezarás a notarlo, y te queda poco para eso. Un día te darás cuenta de que el óvalo de tu cara ya no es tan suave como antes, que empieza a ser anguloso, hombruno casi. Un día verás por primera vez que te sale un pelito negro en la mejilla, y te lo quitarás con las pinzas, pero volverá a salirte, y más fuerte y más negro que antes. En la barbilla, sobre todo suelen salir en la barbilla. Y en el pecho, aunque no te lo creas. Luego aparecerá otro, y otro y otro... Tú te volverás loca buscando cremas y soluciones mágicas para que no se te noten.

—Hoy día pueden quitártelos para siempre —le digo con mi sonrisa más encantadora—. Pregúntale a Brandy, en su clínica hacen esas cosas.

—Sí, claro. Y el vello de ahí, de ahí abajo —continúa con su ponzoñosa verborrea, señalándose el pubis y rozándoselo por un instante por encima del pantalón—. Las canas del pelo no son nada comparado con lo que te espera el día que empiezan a salirte canas ahí mismo. Otro día te darás cuenta de que ya no usas la misma talla que usas ahora, a los veintiséis años.

—Todavía no tengo veintiséis años, Mary.

—¿Qué talla usas ahora, la treinta y ocho? ¿La cuarenta? Un buen día notarás que, aunque no parece que hayas engordado ya no te cabe la ropa de antes. Tus caderas ya no son tan estrechas y tu piel empieza a volverse más fina, más débil... Tus rodillas parecen un par de ensaimadas marchitas y...

—Sé perfectamente lo que significa envejecer, estudié biología...

—... pero no te licenciaste.

—Me volví a matricular este curso, por libre.

—¿Qué? No nos habías dicho nada.

—No pensaba presentarme a los exámenes, pero he decidido que lo haré. Sólo me falta un año para acabar la carrera, y tengo tres meses para estudiar, a partir de ahora mismo. Seis si cuento con las convocatorias de septiembre.

—Vaya..., no sé qué decir, Candela.

—Sé lo que significa envejecer, y no siento miedo; siento otras cosas al respecto, pero miedo no. Sé lo que es la muerte, y ya he asumido que me enfrentaré con ella algún día; tampoco me da miedo, sino más bien... lástima, porque morir significa no estar aquí cuando pasen muchas cosas que me gustaría ver y sentir; pero miedo no me da, porque la muerte, tía, hace de todo menos daño. Veo esos cadáveres en el trabajo. Te aseguro, Mary, que ver los pies de los muertos es lo que más me conmueve —espero no ir a ponerme trascendente, y mucho menos cariñosa con la arpía, pero no puedo evitar seguir la conversación; la apàtheia es como el mar para mí y tengo algún vago complejo de didacta, o de predicadora, oculto en el fondo de mi ser—, cuando veo los pies de un muerto sobresaliendo debajo de la sábana, me doy cuenta de lo que somos; me doy cuenta de que es la vida, y no la muerte, la que hace con nosotros cosas que tu Oil Of Ulay no puede evitar se ponga como se ponga; me doy cuenta de que sólo tenemos esto: el momento, Mary; eso es lo único que tenemos, y una vez que lo sabemos no merece la pena amargarse porque no podemos evitarlo, y la amargura nos acorta la vida, los momentos. Lo único que tenemos y nos lo roba la amargura.

No sé por qué tienen que sacarme constantemente, unas y otras, las duras y las maduras de mi casa, este asunto sobre el que yo procuro no meditar en absoluto; estoy convencida de que no es importante, y me desagrada la cháchara inútil al respecto.

Me levanto para ir en busca de Paula y monologar con ella sobre la inconveniencia de molestar a las sesentonas impresionables, y en concreto a la que corre con gran parte de los gastos de la casa que la cobija a ella y a mí misma y que, encima, es propiedad de la viejecita en cuestión (y siempre en cuestión).

—Sí, el momento. —Me mira agriamente; no ha comprendido nada; sus pulseras de oro tintinean con alegría, ajenas a la acidez espiritual de su propietaria—. Algún día te llegará a ti, y entonces el momento te importará un comino; no harás más que pensar en los momentos que ya se han quedado atrás y no vas a volver a vivir jamás. Te llegará a ti también, Candela. La juventud no es eterna, aunque los jóvenes siempre se lo crean. Bueno, a lo mejor la juventud es eterna, pero desde luego los jóvenes no lo son. Yo también fui joven, ¿sabes?, y mírame, ahora tengo que aguantar que una niña imbécil me diga que llevo careta. Claro que a ella también le llegará el momento. Ya lo creo.

Qué pena que tú no vayas a poder estar aquí para verlo, pienso mientras me dispongo a ir en busca de Paula. Mi tía cruza las piernas, olvidando por un segundo que sus pantalones pueden arrugarse aunque estén hechos en Inglaterra, y pone un gesto tan ostentoso que parece una tortilla con lacitos.

Anda y que te jodan, vieja cacatúa. Tanta vida mal vivida y todavía no has aprendido nada.

Encuentro a mi sobrina subida encima de la cama y peinando a una muñeca tan negra, bella y esbelta como una estatua de Tanagra reproducida en plástico.

—Yo tengo cinco años —me dice; en esta casa todas tienen en un grado u otro la misma obsesión—, ¿tú cuantos tienes?

Me aclaro la garganta y le digo que veinticinco.

—¿Y ella? —Señala hacia la puerta, imagino que tratando de indicar la dirección en que se encuentra la tía Mariana.

—¿Quién? —le pregunto yo a mi vez.

—La tía Mary, ¿cuántos años tiene la tía Mary?

—Sesenta y nueve y todos los demás —le respondo con dulzura; Paula asiente comprensivamente. No es tan mala chica, después de todo.

13

Siempre, fijaos bien, pero es que siempre hacíamos lo que él decía. —Gádor sigue con su argumento favorito: el fracaso de su matrimonio visto desde distintos y espeluz-nantes nuevos ángulos: el sexual, el económico, el doméstico-filosófico, el adúltero-periférico, el resumido, el gesticulante, el maternalista, el agónico o el meramente escatológico, entre otros muchos también sabrosos.

Carmina asiente con cara de comprenderlo todo; está sentada al borde de la misma cama en que se estira Gádor y le da masajes en los pies utilizando idénticas artes que para hacer masa de albóndigas procedente de varios tipos de carne picada. Los pies de Gádor brillan con un color azulino, o resignado.

—Y un día va y me dice que es que él está ahí conmigo, que qué más quiero. Va y me dice, «estoy aquí contigo, ¿no? Al pie del cañón»; y yo, que no pierdo comba, voy y le contesto, «o sea, que yo soy el cañón, ¿no? ¡Pues como me dispare!» Como si es que yo tuviera que estarle agradecida y decir amén a su voluntad porque me estaba haciendo un honor con su compañía, el muy cabrón. Y lo que me estaba haciendo era ponerme los cuernos con un atajo de pendones... ¡El muy camueso! —Gádor vuelve a gimotear desconsolada—. Es que...

Ahora no paro de pensar si no me habrá pegado algo. Mi Rubén...

Vuelve a abrir la boca continuando con su llanto y Carmina, abrumada y con voz dulce, le dice que pare ya que, si quiere, ella misma lo mata con sus propias manos, o bien con una estaca, pero que deje de llorar porque no lo soporta. Yo estoy sentada frente a mi mesa de estudio, que también es tocador, pero apenas me entero de lo que leo, algo de que la fluidez esencial de la vida concuerda con la fluidez de la estructura electrónica de sus componentes. Me repito la frase un par de veces, pero soy incapaz de comprenderla del todo, aunque la memorice, porque el escándalo de mis hermanas me impide concentrarme. Las cuatro somos ahora como una molécula conjugada, están ya prefiguradas en nosotras, a nuestra escala, la transmisión de energía e información que a otros grados inferiores de complejidad se produce mediante microtúbulos o fibrillas nerviosas; para nosotras bastan el llanto y la sobredosis emocional como conductos.

—Mira, Gádor —Brandy se riza y desriza mechones de su coleta entre los dedos con uñas negras—, mira, no puede haberte pegado nada porque tú estás embarazada, cada mes te hacen análisis nuevos y te dan los resultados. Y todos son normales, ¿no es verdad? Entonces es que estás sana, no te ha pegado nada, ni Sida ni nada. Además, ya hemos visto las cintas; Víctor es un asqueroso, pero se pone condones.

—No me gustan los preservativos. —Carmina tiene la mirada fija en el suelo y sus hombros, bajo la media penumbra de la tarde, parecen todavía más anchos y cargados.

—Pues yo los veo muy útiles —digo claudicando, y cierro mi libro para unirme a la conversación—. Imagínate lo útil que hubiera sido que el padre y la madre de Víctor se hubiesen puesto uno.

—¡Pero no se lo pusieron! —Carmina da un manotazo al aire, desdeñosa.

—Porque les pasaba lo que a ti, que no les gustaban los preservativos —insisto yo, tratando de que Brandy me haga sitio en la otra cama.

—Es verdad, si tuviera Sida me lo habrían dicho en el hospital, ¿no?, ¿nooo?

—Seguro —calmamos las tres a Gádor.

—Menos mal, me acabáis de quitar un peso de encima..., un peso que es que... —Gádor se sienta adoptando la postura del loto y su barriga se encarga de hacer desaparecer los pies bajo su peso; es evidente que ya tiene masajes de sobra— ... es que siempre hacíamos lo que él ordenaba.

—Pues menudo dictador, machista y...

—... albañil... —Carmina y Brandy completan la frase a coro.

—... está hecho tu maridito. —Intento recostarme contra mi almohada, pero Brandy no deja de tirar de ella hasta que consigue apropiarse de más de la mitad; la mitad más suave, además, porque el trozo de almohada que me toca está lleno de rozaduras y de pelotillas sin que se sepa muy bien por qué.

—No, no, de dictadura es que nada —me corrige Gádor—, él decía que era un tío democrático; me decía que para que los matrimonios funcionen tiene que votarse todo. Nosotros lo votábamos todo, si es que tengo que ser sincera.

—Pero..., vamos a ver, Gádor —le hablo con voz bien modulada y pronunciando lentamente cada sílaba—, pero ¿no acabas de decir que siempre hacíais lo que Víctor mandaba? Eso significa que es un dictador; ¿o es que te convencía para hacer todo lo que él se proponía?, porque si es así no era un dictador, sino un demagogo.

—No, no, no era nada de ese montón de cosas. Democracia, teníamos democracia, ¿no sabéis lo que es la democracia, o qué? Votar, joder, eso es lo que hacíamos.

—¿Y por qué siempre salía él ganando? —se interesa Carmina.

—Pues normal, porque votaba él más sus cojones. Él y sus dos huevos suman tres, que yo sepa. Por eso siempre perdía yo. Me diréis...

—Eso lo dirás de guasa. No hagas chistes facilitos, Gádor, que estás preñada y se te ven los cuernos desde Almería; que no es el momento, bonita. —Abandono mi interés por la almohada y me incorporo para mirar a Gádor a los ojos.

—No, no, ¡joder, es como os lo estoy contando!

—Pero..., ¿tú eres boba, o qué? —Brandy la mira acusadoramente, con la incredulidad rehaciendo las facciones de su hermosa cara.

—¡Sí, seré boba, pero así soy...! Víctor me lo decía, es que de verdad me decía eso, en broma, como de guasa, que eran él más sus dos huevos puestos encima de la mesa; y yo parpadeaba y luego él me convencía de que lo que él decía era lo más sensato. Me llegó a convencer de que es que yo no soy sensata, o algo así. Por eso, por mayoría absoluta, ganaba siempre él. Democráticamente. Yo no soy lo bastante sensata para tomar decisiones.

—Ni siquiera sobre la marca de cerveza que bebías... —remarco con saña.

Nos acercamos a ella y la abrazamos, tratando de consolarla ante la nueva oleada de llanto que parece ir a desbordarla.

—¡Soy una imbécil!

—Anda, no llores más, que vas a asustar al chiquillo —le dice Carmina.

—Pues que se vaya acostumbrando a los sustos; es lo que más abunda en la vida. —Gádor me coge la cabeza entre sus brazos y me aprieta contra sí.

Apoyada sobre su vientre, noto un amasijo de vida retorciéndose dentro de ella, una dureza temeraria e inquieta que se prepara para asomarse aquí fuera de un momento a otro, aquí donde no se está tan cómodo como en la humedad tibia del vientre de una madre; aquí, donde la existencia ensaya su falta de argumentos mediante fuerza, errores y movimiento imparable.

No sabes lo que te espera, Rubén. Más te vale hacer como yo y tratar de aprender a disfrutarlo de algún modo.

—¿Y si matara yo a ese tío? —sugiere Carmina. Sus ojos están rebosantes de lágrimas también y los labios le tiemblan como las hojas de una flor bajo la lluvia. Se mesa el pelo corto, de un castaño deslucido, y fija furiosamente la mirada sobre mis pósters; primero sobre Darth Wader, a quien ella sonríe de forma homicida, y luego sobre la foto enmarcada en un Todo a Cien de la que es, sin duda, la peor actriz de cine de la historia del teatro español, una tal Anna Banana que a mí me suele dar mucha pena —la pena logra enternecerme—, y a quien me gusta mirar de vez en cuando porque representa la cúspide de todas las derrotas profesionales y personales imaginables llevadas con absoluta impasibilidad e idiotez durante más de diez años de desastrosa carrera inasequible al desaliento. Anna Banana le devuelve a Carmina la sonrisa—. Yo podría matarlo, se merece morir, y bien pronto.

—¡Para ya, Carmina, que como sigas así te van a salir cojones! —Brandy se arregla la minifalda de topos y estira las piernas, que aprovecha para lucir delante de nosotras—. No tenemos por qué ser tan radicales. Sigo pensando que lo más práctico es sacarle una pensión para los niños y darle algún escarmiento. Un bromazo pesado, algo de lo que se acuerde cada vez que folle.

—¿Por qué cada vez que folle?

—Porque eso lo jodería todavía más.

—Ah.

Carmina se abraza a Gádor como una lapa; a pesar de su aspecto viril y su tonelada de peso, a pesar de ser la mayor de nosotras y manejar como nadie el hacha y el cuchillo carnicero, siempre me ha parecido la más vulnerable de todas las hermanas March; una especie de fuerza bruta de la naturaleza en pañales y por cuya salud mental todas hemos temido alguna vez. Afortunadamente, que yo sepa, no se han cometido asesinatos en serie en su radio de acción, bastante limitado, por cierto, al igual que sus movimientos.

—Tú no debiste casarte con ése, Gádor —gimotea como un pequeño elefante huérfano—. ¿Qué sabe hacer ese tío, además?

¡Si es un tarao! ¿Qué sabe hacer?, además de cagarse en Dios y todo eso.

—¿Se lo montaba bien en la cama, por lo menos? —pregunta Brandy.

—¡Qué va! Era visto y no visto —responde Gádor, secándose la mejilla con un pañuelo de papel.

—¿Y por qué no lo dijiste antes? ¿Por qué no nos hablaste antes de todo esto? ¿Por qué no nos contaste cómo iba de verdad tu matrimonio? —Supongo que estoy abrumando un poco a Gádor con mis preguntas, pero aun así—. ¿Por qué has esperado hasta descubrir la vida secreta de ese casanova de poca monta para largarte? Tenías motivos suficientes para irte sólo por lo tacaño que es. Te ha tenido sometida económicamente; el peor sometimiento al que puede someterse una mujer hoy día, y mañana y anteayer, si me permites decírtelo; la mayor gilipollez que una puede hacer es depender de tres mendas a la vez: un tío más sus dos huevos para que le llenen a una el monedero. Es inaudito en estos tiempos, Gádor; hay que ser tonta.

—No es tan raro, si te fijas. ¡Si yo te contara un par de casos de los de mi bloque! —se defiende la interpelada; su rostro se anima al recordar la cantidad de historias conocidas que hacen empalidecer de insignificancia la suya—. Pero es que, es que, vaya, joder, era mi matrimonio, ¿no? ¿Qué querías, que cuando viniera a casa os dijera «pues, mirad, hermanas, madre, abuela y tía, mi marido no me da ni para pipas; mi marido a mí me lo hace en la cama, como si dijéramos, a cámara rápida; mi marido toma las decisiones porque sus huevos también tienen derecho a voto; mi marido no me deja echarles abono a las plantas porque dice que él no gasta ni un duro en mierda teniendo tan a mano la suya propia que es gratis total... Queridas hermanas y madre y abuela y tía, mi matrimonio es un asco»? ¿Eso querías que os dijera? Pues no lo decía porque, porque es que hasta lo de las cintas yo no he empezado a sumar dos y dos... ¡Yo no sabía, cuando me casé, cómo leches se supone que tiene que ser lo del matrimonio!

Procuraba consolarme con lo que tenía. He visto a muchos que tienen todavía menos que yo. Sólo cuando vi lo de las cintas me planteé que, a lo mejor, a lo mejor las cosas no eran como yo había pensado que eran. Sólo entonces me di cuenta de que, a lo mejor, también había otras maneras de vivir; y de vivir con un hombre, ¿entiendes, Candela?

—Va, va, va... —La acaricio mientras miro para otro lado; temo que vuelva a echarse a llorar y ya hemos tenido bastante por esta tarde—. Sí, te entiendo, Gádor. Te entiendo; aunque no te comprendo.

—¡¿Pero no acabas de decir que me entendías?!

—Que sí, que sí. Te entiendo, te entiendo... Cálmate.

—Ya estoy calmada. —De repente se seca los ojos con un pañuelo nuevo y trata de enderezar la espalda—. Estas han sido mis últimas lágrimas. No voy a volver a llorar. Por lo menos hasta que no tenga que parir. Y después, es que, después, ni una puta lágrima. A mí no me va a hacer llorar nadie de ahora en adelante; nadie en absoluto. Y un hombre, todavía menos.

—Así se habla.

—Lo único que me preocupa ahora es lo que voy a hacer con los niños.

—Bah, disécalos y a otra cosa, mariposa —dice Brandy bostezando.

14

A pesar de ser tan mayor, mi abuela está físicamente muy bien, sus colorantes y conservantes deben ser de primera; aunque a veces tengo la sensación de que pierde un poco el sentido de la realidad, o que la realidad la trae al fresco. Tan sólo es incondicionalmente fiel a la vida real cuando se acerca a sellar el resguardo de la loto o a comprobar los números que han salido elegidos. El resto del tiempo oscila entre el disparate, el recuerdo y la gramática parda; entre la cocina de nuestra casa y El Corte Inglés. Su pelo corto, cardado y blanco, parece una labor artesana de marquetería; tiene el cuerpo carniseco, es de movimientos nerviosos, ágiles; y su cara es dulce y amistosa, como si lo comprendiera todo, o como si no comprendiera nada en absoluto pero ese inconveniente le importara una berza. Me gustaría decirle que soy rica, que de momento poseo una auténtica riqueza; un tesoro que podría llevarnos a las dos muy lejos de aquí; a algún sitio donde yo pudiera comprarle vestidos de flores en tonos pastel que fuesen elegantes, ligeros y cómodos sin dejar de ser ponibles, como a ella le gustan, y una cama de dos por dos metros con una mosquitera que diera un toque romántico a su habitación. Me gustaría decirle que aún está a tiempo de ver mundo y que puedo ayudarla a hacerlo; ella nunca ha salido de aquí desde que llegó con diecisiete años como inmigrante procedente del Sur. Me gustaría llevármela y oír sus comentarios ante la visión de paisajes, gentes y lugares distintos a los nuestros. Países, seres humanos, templos, ruinas, ríos, mercados... ¿Por dónde empezaríamos? ¿Providence, Malabo, Antananarivo, Jamaica, Estambul, Karachi?

Los nombres hierven dentro de mi cabeza, son como alfileres que hincan con dulzura sus sílabas en mí. Cada uno enhebrándose en el siguiente, inaprensibles y sensuales como promesas de conquista y, tal vez, de amor. Tengo el dinero, abuela. Bueno, el dinero no, pero tengo algo que vale mucho, muchísimo más que el dinero —que al final es sólo puro papel cuyo precio varía según las caprichosas oscilaciones de índices que no alcanzo bien a comprender. Como dijo el tío Gilito, el oro no lo es todo, también están los diamantes. Piensa, abuela: Tierra del Fuego, Moscú, Fiji, Cabo Verde, Samarkanda. Piensa, abuelita: más de medio kilo de diamantes y la libertad; un camino por el que andar por fin.

Que el mundo es largo y ancho, y la vida es un juguete.

Si le propusiera este plan, mi abuela se sentiría encantada en un primer momento, pero me temo que acto seguido pensaría que es demasiado vieja para moverse tanto, y no querría venir conmigo; preferiría que me la llevase de compras una tarde, por aquí, cerca de casa. Estoy segura. Y luego me diría adiós desde el balcón del piso de la tía Mary, mientras me vería perderme calle arriba.

—¡Páralo, páralo, páralo...! —me urge Brandy; me quita el mando a distancia del vídeo de un manotazo, y detiene aparatosamente la cinta ella misma—. Hola, abuela.

Dentro del aparato, en una pequeña cinta de vídeo doméstico, mi cuñado Víctor se esfuerza por dar cumplida satisfacción a una matrona tan fogosa como esperpéntica; sin embargo no parece que a la señora le importe su propia fealdad, ni siquiera parece ser consciente de ella; o tal vez hace mucho tiempo que se dio cuenta de que la belleza no es más que el comienzo de lo terrible y desde entonces se gusta a sí misma, disfruta lo que tiene por poco que sea.

Hemos descubierto, por las conversaciones oídas en las cintas, que Víctor es más o menos socio de una especie de red de contactos sexuales gratuitos, libres y sin compromisos ni remordimientos de conciencia o religiosos, que además de relajarlo del estrés emocional que supone amontonar ladrillos uno encima del otro, le permite seguir amontonándose él mismo sobre los más variados tipos de cuerpos femeninos que cabe imaginar. En realidad, no tenía una querindonga, como Gádor sospechó después de ver un par de grabaciones en las que la partenaire de mi cuñado era la misma señora con la diferencia de unos cuantos años transcurridos, sino que más bien se ha beneficiado a una buena parte del censo electoral de esta ciudad, y de algunas otras colindantes. Y, lo que es más trágico: posiblemente Víctor no tiene cámara de vídeo propia, sino que se sirve de las de sus compañeras de cama, que gustosamente le hacen copias para cuando pueda permitirse comprar un reproductor de vídeo.

Mi ex cuñado, creo yo, es el público potencial pensando en el cual se hacen programas de televisión que hablan de sexo a las siete treinta de la mañana.

Viéndolo actuar en sus películas de porno casero, me recuerda a una mosca drosófila macho en pleno ritual de apareamiento.

—Hola, niñas... —dice la abuela, deja el bolso encima del aparador y se va a la cocina porque no es muy forofa de la tele, y nosotras la tenemos enchufada.

Le doy un beso, y ella desaparece por la puerta. La quiero tanto que, si me dejara, le daría besos con lengua.

Me siento de nuevo frente al televisor y le digo a Brandy que a mí me parece que lo que le pasa a Víctor es que tiene complejo de Edipo y trata de saciar su ansiedad procurándose contactos sexuales múltiples con toda clase de mujeres, casi siempre mayores que él.

—¿Complejo de Edipo? —Brandy abre los ojos, horrorizada; Achilipú, nuestra perra, viene desde la puerta, se acerca a Brandy, se enrosca entre sus piernas y la husmea—. ¿Quieres decir ese tío, Edipo el griego, o lo que fuera? ¿El que mató a su padre, se casó con su madre y luego se arrancó los ojos? ¿Quieres decir que quiere ser como ese tío? ¿Insinúas... que alguien puede querer ser como ese tío? —Niega gravemente, acaricia al animal con una mano mientras se pasa la lengua por los labios, cogiendo con la otra mano un mechón de pelo y humedeciéndolo después con un poco de saliva—. Yo creo que para nada; yo creo que lo que le pasa es que está más que salido... Ése, cuando no jode, sube pieles, seguro. Como cuando iba a la escuela, que llevaba un espejito pegado encima del zapato, se lo ponía a las chicas entre las piernas y les veía las bragas. Me lo ha dicho Gádor, él se lo contó. Un tío que a los once años se inventa un espejo retrovisor de bragas... Me dirás, el carrerón. Seguro que iba para personaje del tipo El Violador del Andamio. Demos gracias al cielo porque ha encontrado una vía de escape a toda esa..., que tiene.

—¿Toda esa qué? —pregunta Bely, recién llegada de la calle y cargada de carpetas que deja caer desordenadamente sobre la mesa de un rincón.

—Es una palabra que no te voy a repetir a ti.

—Dame pistas, anda.

—Empieza por «po» y termina por «lla» —la orienta Brandy.

—Pero..., ¿qué guarradas estáis viendo en la tele? Vaya dos.

—No estamos viendo nada especial.

—No, bien mirado, no es nada especial que digamos —corroboro con una actitud displicente y aburrida.

—A ver, dadle al play; quiero ver qué estáis viendo... —Bely pone cara de sufrida madre de familia que intenta hacer caer a sus hijas pequeñas víctimas de sus propias contradicciones.

—Que te lo has creído. Esto no es para menores de dieciocho.

—Ya casi tengo dieciocho. Pon el vídeo; me faltan un par de meses para ser mayor de edad. No creo que venga ningún juez a detenernos por ver una película. Seguro que he visto cosas peores por la calle.

Brandy se niega a poner en marcha la cinta, y Bely trata primero de arrebatarle el mando a distancia, sin conseguirlo, y de accionar después el aparato con la mano, mientras nosotras dos tratamos de impedírselo. La perra comienza a ladrar, entre excitada y aturdida por el jaleo y sin saber qué hacer, si mordernos a las tres o salir corriendo a ocultarse en su felpudo de la puerta. En medio del forcejeo pulsamos involuntariamente varias teclas a la vez y, como consecuencia, aparece en la pantalla una versión acelerada de los coitos de Víctor al que la cámara rápida hace parecer un personaje epiléptico de película de cine mudo, cuyas patéticas contorsiones contra la retaguardia de una señora pechugona de color cetrino le confieren el aspecto de un tarado tratando espasmódicamente de derribar la muralla china a vergazos.

—¡La Vírgen! —comentamos casi a coro, paralizadas por la vista del espectáculo.

—No tenemos una familia como para ir presumiendo por ahí, ¿eh? —dice Bely mientras se incorpora con lentitud y busca con la mirada una cinta de pelo que se le ha caído durante la refriega—. Nada de médicos, ni abogados, ni agentes de bolsa... ¡Albañiles morbosos!; eso no es como para irse tirando el moco de lo importantes que somos, ¿no os parece? Nunca me casaré con un albañil, por si os sirve de consuelo. Me voy a merendar a la cocina. —Bely sale por la puerta después de lanzar una última mirada de reojo a la tele—. Seguro que no la tiene tan larga como parece.

—¿Sabes, Brandy? —le señalo a mi hermana la pantalla y pulso el botón de «pausa» durante un instante—. ¿A que no sabes a quién me recuerda esa tipa?

Brandy se encoje de hombros, y vuelve a acuclillarse en el suelo con la perra entre los brazos, a los pies del sofá.

—Ni zorra idea.

—A la mujer de un gitano que vi el otro día. Se parece un montón a la nuera de un viejito que hemos enterrado nosotros. No es que sean exactamente iguales, pero si las pillas así, ¿ves?, justo en este ángulo, parecen idénticas. Es gracioso, ¿no?

—A ver si es ella —sugiere Brandy.

—No, no es ella. Vista en movimiento se nota que, en realidad, el parecido no es tanto. Pero tiene un aire, sí; tiene un aire... Si les sacaran a las dos una foto con la misma perspectiva, parecerían gemelas. La melena no es igual, claro; la gitana lleva el pelo casi siempre recogido, y lo tiene más bonito, más cuidado. Ésta tiene los ojos fuera de sí, como si estuviera viendo visiones, aunque a lo mejor es porque está entrada en faena; y se peina peor que la otra, mucho peor... Pero si no te fijas en los detalles dan el pego... En fin, no es la Loles, ya lo sé, pero me la recuerda un puñao. —Niego con la cabeza, con la vista perdida sobre el trasero estriado y espacioso que se contonea en la pantalla, delante de Víctor—. Además, ¡deberías ver al marido de la Loles, la gitana...! Con un marido así no se pueden tener amantes, a una no le hacen falta amantes porque, en cuanto se los echa, deja de respirar y ya no los necesita.

Le cuento a Brandy cómo son la familia Amaya, y el carácter irascible de Antonio, cuya cabeza huele a pólvora encendida a diez kilómetros de distancia.

—Qué pena que Víctor no se haya tirado a Loles Amaya, la mujer de Antonio Amaya —sonrío maliciosamente—, porque entonces le mandaríamos una copia de la cinta a Antonio y él se encargaría de matar a Víctor, o por lo menos de incapacitarlo por unos días, y así aprendería a no engañar a Gádor.

—Sí, y también mataría a la pobre de su mujer, seguramente —responde Brandy sopesando por unos momentos la idea, para descartarla en cuanto vislumbra posibles daños a terceros—. Su mujer es inocente. Tampoco vamos a enfangar a alguien que no tiene nada que ver con esto.

—La mujer de Antonio está hasta el moño de su marido. Le pega; y se llevan a matar. —Miro fijamente el suelo.

—No hace falta ser gitano para pegar a una mujer —me explica Brandy, que ha aprendido a ser políticamente correcta en su lugar de trabajo, como mi jefe; aunque en el caso de mi jefe no es precisamente el lugar de trabajo lo que invita a la corrección política—. Ni ruso, ni de Xirivella... Mi jefe le tuvo que reconstruir la mandíbula y la cara entera a la mujer de un empresario, payo por si quieres saberlo. Necesitó una operación de cirugía plástica, después de haber pasado por otras cuatro en traumatología, para ponerle los huesos del maxilar inferior en su sitio. Le trituró la cara contra el borde de la piscina. Ella tenía treinta años; por las fotos que vimos, de antes de que la deformara, era una tía que tiraba de espaldas de guapa. Pero él se encargó de dejarle la cara como un plato de fuagrás rancio. Si le hubiera aplastado la cabeza, en vez de la boca, la habría matado. —Se encoge de hombros y le da un beso a la perra, que cierra los ojos—. Olvídalo, cariño. No pienso desatar las iras de un cafre sobre una pobre mujer.

—No es tan pobre mujer, que digamos.

—¿Ah, no? —me mira horrorizada y abre los ojos con exasperación, a semejanza de la amante de Víctor.

—No exactamente. He dicho que ella le pega a él. Aunque él también le atiza a ella, claro; normalmente empatan. Me lo ha contado su hermano Amador. Son una pareja singular. Y, de todos modos, sólo era una ocurrencia.

—Joder, joder, joder... —suspira Brandy—. Qué mundo, joder... ¿no? —y añade, después de pensar un poco—: Pues entonces, y como están en igualdad de condiciones, tal vez deberíamos sacar un plano de la película, imprimir una copia y mandársela al calorro ése. Yo puedo hacerlo con el ordenador de la clínica... Sólo por fastidiar un poco a Víctor, ¿no? A ver si después de esto se le arruga cada vez que la saque.

15

E staba soñando hace unos momentos y, a pesar de que mi nuca empezaba a quedarse rígida y a dolerme como si me la estuvieran cortando, tenía uno de esos sueños que me hacen más feliz que los mejores momentos de la vida.

Los diamantes estaban a salvo, en algún sitio inconcreto que sin embargo yo conocía con toda exactitud, y empezaban a procrear entre ellos, multiplicándose como una camada de ratas brillantes y preciosas.

Me encontraba en un lugar al noreste de Brasil, y era Viernes Santo. Mi abuela también estaba conmigo, aunque cuando se aburría abría la puerta de una estancia blanca y me anunciaba escuetamente que iba a la cocina de nuestra casa; con sólo abrir y cerrar una puerta, y por uno de esos milagros de los sueños, atravesaba el océano y se plantaba en otro continente para cenar con mi madre y mis hermanas, y tal vez pasar la noche con ellas.

Yo seguía en Brasil mientras ella salía de paseo. Contemplaba los Judas de paja colgados en las glorietas de una pequeña ciudad llena de color, de humedad y de ruidos alegres; oía a los trovadores dando los noticieros a grito pelado, acompañándose de un tamboril, y me enteraba de las fechorías del último lampiao. Me enamoraba de un vaquero del sertao, que tenía la misma cara, el mismo cuerpo y la misma voz cálida y profunda de Amador; aunque no se trataba de Amador, por supuesto.

El vaquero me decía que me abriese de piernas porque quería darme los buenos días; yo ejecutaba sumisamente sus órdenes, sin rechistar, aunque sabía que él me iba a arrancar de un mordisco las bragas. En realidad, eso es lo que yo estaba deseando, y me era muy grato saber que había encontrado por fin un país donde saludar a la gente ya no era un incómodo compromiso social, sino una agradable forma de conocerla en profundidad. Cuando el vaquero brasileño con la cara de Amador acercó su boca a mis piernas, yo noté un vaho caliente y húmedo y un cosquilleo recorriéndome la pelvis y subiendo hasta mi pecho.

Entonces él me dijo «estoy de parto», frase que mesuró mi excitación y luego la hizo crecer, pero esta vez en forma de furor desenfrenado. Algo me sacudió el hombro, justo cuando yo me disponía a darle una patada a la cara sonriente del vaquero que, de pronto, ya no era la de Amador: se había transformado en un rostro vacío donde nada podía verse, ni boca para besar, ni ojos para mirar, ni nariz para oler. Tan sólo un vacío relleno de tinieblas que yo deseaba patear hasta disolverlo en el aire.

Abro los ojos, pero sólo distingo una luz naranja y oxidada y un bulto gris que me zarandea con funestas intenciones.

—¿Qué, qué...?

—Estoy de parto, Candela. De parto.

—Pero..., ¡déjame dormir! —le ordeno, bastante enfurruñada—. Pero ¿tú de qué vas?

—De culo. Voy de culo, Cándela. ¡Despierta y ayúdame!

Consigo distinguir la cara de mi hermana Gádor entre las virutas de luz podrida que irradia la lamparita de noche de mi habitación; sus bonitos hoyuelos se le marcan en las mejillas como si algo le hiciese mucha gracia y se estuviera desternillando, cuando lo cierto es que una mueca parecida a una sonrisa de dolor, si es que esto es posible, le contrae las facciones, se las espesa.

—He roto aguas.

—Bah... —La tranquilizo, aún adormecida—. Eso es que te estás meando. Te pasas las noches en el tigre aumentando la capa freática de..., de la capa freática. —Bostezo y me doy cuenta de que no sé muy bien qué estoy diciendo—. Se te habrá escapado el punto. Nunca he... visto a nadie orinar tanto como tú. Duérmete, anda.

—¡No me estoy meando, he roto aguas! ¿Crees que huelo a orines?

Me agarra la cabeza y me la acerca violentamente hasta su camisón; mis narices se estampan contra su vientre endurecido.

—No, no hueles...—Tengo ganas de seguir durmiendo, de recomponer el rostro de Amador en la persona de un vaquero y de continuar el sueño en el punto en que acabamos de dejarlo, justo cuando empezábamos a conocernos.

—¡Candela!

—¡Pero si todavía te falta un mes! Aguántate y sigue durmiendo.

—¿Un mes? ¿Pero es que quieres que me aguante un mes? —Gádor se enfurece y da un grito de dolor—. Es que... Está bien, sigue durmiendo. Gracias por tu ayuda, ¡egoísta!

Sus gemidos consiguen despertarme del todo, y me incorporo penosamente en la cama.

—¡Gádor, Gádor, espera...! ¿Estás de parto?

—¿Tú qué crees, imbécil?

—Oye, tranquila, que yo no te he dejado embarazada.

—¡Aug! ¡La madre que parió a ese cabrón! —Gime agarrándose la parte baja de la esfera maciza y desbocada que el embarazo ha logrado hacer de su barriga—. Me gustaría verlo aquí a él, es que... es que... me gustaría verlo a él preñado y a punto de reventar... Pero... ¡Aug...! Pero es que lo que más, lo que más me gustaría sería que el capullo tuviera el embarazo en las...

en las... en las putas pelotas, las mismas que tiene tan gordas que hasta han conseguido derecho al voto, y que... que lo tuviera que parir por la... por la... ¡Ayyy...! ¡Fuuuui!

—Respira, Gádor, respira... —La cojo por los brazos y la tumbo en la cama. Estoy tan nerviosa que no sé qué hacer. Me parece que soy capaz de enfrentarme a una hilera de fiambres a cual más apestoso, o a una pandilla de deudos enfurecidos porque acabo de desheredarlos de un plumazo; creo que soy capaz de volver a la facultad y mirar con entereza todos esos exámenes que aún me quedan para licenciarme, pero..., la verdad, una placenta, no sé si seré capaz de enfrentarme a una placenta.

¿Debería poner agua a hervir y traer toallas y sábanas límpias? ¿Debería poner las tijeras a calentar en el horno de la cocina para que vayan esterilizándose...?

—Deberías, es que deberías despertar a Carmina y que me lleve ella en la furgoneta al hospital... —dice Gádor jadeando entre una contracción y otra.

—Ahora mismo.

En esta casa, la única que conduce es Carmina. La tía Mariana y yo también tenemos carnet; un carnet que obtuvimos gracias a que nos daban puntos por cada viandante que atropellábamos en las clases prácticas o algún truco parecido; de modo que apenas nos acercamos a la Seat Transit familiar, a no ser que Carmina nos haga de chófer.

Cuando salgo de la habitación, aturdida y tropezando con la puerta, mi hermana deja escapar un espantoso gemido de dolor, en tono de do mayor, producido por una nueva contracción.

Después la oigo hablar y suplicar jadeando: «¡Ayyy!, ¡Rubén, estáte quieto, joder!»

Supongo que nunca es pronto para empezar a educar a un niño.

16

La tía Mary está sentada, tomándose un vermut y respirando entrecortadamente. Sus pelos forman una especie de corola desaforada alrededor de su cabeza; son demasiado largos y rizados, necesitan un corte y unos brochazos de tinte que eliminen algunas de las canas. Hace unos años, se teñía el pelo por completo con toda una gama de cobrizos cegadores, pero simplemente presentaba el aspecto de una de esas viejas jubiladas, fanáticas de la playa y de la piel aper-gaminada por el exceso de radiación solar, que viven en Benidorm y tienen el aspecto de una buscona de sesenta y cinco años que intenta ansiosamente aparentar cuarenta sin conseguirlo.

Un día tuvo algún tipo de experiencia que desconozco, pero que la hizo de la opinión de que más valía envejecer con cierta dignidad, dejando al descubierto las huellas de la edad —aunque suavizándolas con un poco de elegancia—, en vez de tratar de ocultarlas entre excesos que las pusieran aún más en evidencia.

Tiene sentido del ridículo, y no se lo reprocho. No se ha vuelto a hacer ningún lifting desde entonces, y aunque sigue tiñéndose el pelo, lo hace a mechas, de manera que el castaño claro del tinte se mezcla felizmente con el blanco absoluto en su cabeza y ella parece una mujer apacible, respetable y acomodada. Sólo cuando la miro a la cara me doy cuenta de que puede que sea todo eso, pero también es una víctima de sí misma y de su propia saña contra la vida.

Está sentada a un par de metros de Rubén —a quien ignora por completo desde el momento en que nació—, que duerme plácidamente ajeno al mundo y a los afectos o desafectos que inspire. La indefensión del niño me conmueve hasta lo más hondo, aunque su nombre no me gusta en absoluto; me parece una horterada propia de Gádor y de su ex marido, quien hace unos días —en cuanto volvió de casa de su madre— se pasó por aquí, en busca de su mujercita y ajeno a todo el escándalo que su vida privada había provocado en esta familia, sólo para encontrarse con una trastornada Carmina que salió detrás de él escaleras abajo acusándolo injustamente de violador, asesino y cornudo. También le dijo a nuestro Albañil Más Pervertido del Año que se olvidara de Gádor y de sus hijos para el resto de su vida, si es que él quería conservar la suya; pero, como es evidente, Víctor no ha seguido el consejo y llama a cada momento por teléfono, quejándose de que, como usa el móvil, le cuesta una pasta cada llamada.

—¡Pues no vuelvas a llamar, mamón! ¡Y así ahorras! —oigo a Brandy que charla con él desde el pasillo.

La tía Mary no es muy dada a acercarse a los niños; empieza a prestarles atención una vez que ya saben multiplicar y conjugar verbos irregulares. O al menos ese método fue el que usó con todas nosotras. Recuerdo que el único contacto físico directo que yo tuve con ella en mi infancia fue una vez que se puso furiosa y tuvo un ataque de tartamudez gracias a que yo le manché con Pepsi lo que parecía un magnífico abrigo de piel de perro atropellado. Ahora les dedica a Rubén y a Paula los mismos cuidados que dedicaría a un par de ratas callejeras resfriadas. Si dejáramos a los niños solos con ella, probablemente se morirían en una hora.

—¡¿Por qué?! ¡Por qué...! ¡Bien sabes tú por qué, cerdo! —La voz de Brandy va subiendo decibelios conforme charla por teléfono con Víctor; me pregunto por qué no le cuelga simplemente.

Gádor asoma detrás de la puerta del baño y hace un gesto en dirección a Brandy; ésta mueve la mano, irritada, y se encoge de hombros.

—Dice que vendrá, y que no le podremos impedir que vea a sus hijos —murmura Brandy, y cuelga el aparato—. Si no se hubiese enterado de que el niño ha nacido prematuramente, habríamos tenido un mes de descanso.

Salgo al pasillo y veo a Gádor al trasluz de la luminosidad que la ventana del cuarto de baño deja caer dentro de la casa. Lleva un vestido premamá todavía, que no se quitará hasta dos o tres meses después del parto. Su pecho se ha hinchado un poco más, hasta adquirir un contorno exuberante y jugoso. Tiene manchas de humedad en la ropa, a la altura de los pezones, porque la leche se le sale en cuanto se acerca la hora de amamantar al bebé. Es toda una alegoría de la fertilidad y la abundancia. Sus ojos también parecen como mojados, como si les hubiesen regado el fondo con uno de esos camiones del ayuntamiento; aunque, tal y como prometió, no ha vuelto a llorar desde que dio a luz a su hijo. También tiene la piel más amelocotonada desde entonces.

—¿Pero es que este tío no se ha enterado todavía de que no quieres verlo, de que quieres el divorcio? —Brandy, con zapatos de plataforma para andar por casa, minifalda de mezclilla y un top de manga larga verde que le realza el busto, el poco que tiene a pesar de los sujetadores de aumento, mira con asco el teléfono como si todavía estuviera hablando con Víctor—. ¿Es que no es capaz de sacar conclusiones después de todo lo que le hemos dicho en persona y por teléfono? ¿No puede pensar que...?

—Si Dios hubiera querido que los hombres pensaran les habría dado cerebro. —La tía Mary se abre paso entre nosotras tres en su excursión hacia la cocina, supongo que en busca de martinis y aceitunas.

Por una vez estoy en parte de acuerdo con ella. Si Dios, o la naturaleza, o quien sea, hubiera querido que Víctor —este macho humano en concreto— pensara, lo habría dotado de masa encefálica en vez de proporcionarle tan sólo masa fálica. Sin pretensiones de generalizar como hace mi tía, esto es sin duda evidente en lo que a nuestro cuñado se refiere.

—No quiero verlo, no quiero verlo y es que no quiero verlo... —recalca Gádor, mirándonos a las dos desde encima de sus enormes ojeras marrones.

—No tienes obligación, desde luego.

—Sí, ella no tiene obligación de verlo, pero... ¿Y los niños? —pregunto con cierta preocupación—. Cualquier juez te obligará a dejar que él los vea al menos una vez cada quince días. Es su padre.

—Pues cuando me obligue, entonces lo haré.

—Gádor, tienes que hablar con un abogado y presentar una demanda de divorcio. Debes hacer las cosas bien.

—¿Un abogado? ¡¿Y cómo voy a pagar un abogado, si no tengo ni un euro?!

—Pondremos el dinero entre todas... —digo observando a Brandy, que tuerce la boca como si la cosa no le hiciera demasiada gracia.

Carmina, Brandy y yo, como trabajamos las tres y vivimos en casa, le damos a mamá la mitad de nuestro sueldo todos los meses. Lo que queda no es como para ahorrar demasiado o dejarse arrastrar a una sana vida de disipación e instintos desatados, la verdad. Pero peor lo tiene la abuelita, que le entrega a mi madre toda su pensión y nunca se ha quejado.

—A lo mejor podríamos llamar a Edgar Oriol. Él es abogado, y se tomará interés porque nos conoce.—Estoy segura de que mi cara se ilumina con una sonrisa tan grande que no cabrá en este pasillo en el que, por otra parte, nunca han cabido demasiadas cosas—. Lo mismo te hace un descuento o algo.

—Sí... —Brandy también resplandece, pero por su aspecto yo

no diría que de satisfacción, sino a consecuencia de algún tipo de veneno interior inflamable—. Seguro que te hace descuento a ti, Candela, siempre que le ofrezcas algo a cambio.

—¿Como qué, petarda? —La sonrisa ha desaparecido de mi rostro para dejar paso a la cólera en estado puro. La ira hace que me tiña de rojo por completo. Me siento tan roja como una botella rellenable decorativa que mi madre exhibe, con bastante impudor, encima de la consola del pasillo, frente a nosotras, y que tiene por relieve una visión alucinógena de lo que el artista entiende que debió ser la figura de un don Quijote, más que loco, borracho y catatónico. Por vez primera siento un odio feroz hacia esa botella, y hago el propósito de incitar a Paula, que jamás a roto un plato en su vida, a que se ensañe con ella y la destruya a la menor ocasión—. ¿Como qué?

—¿Felaciones? ¿Cunnilingus? —me suelta rabiosamente Brandy.

—Oye, oye, oye... Parar ya, que vaya dos...—dice Gádor haciendo remolinos en el aire con una mano, y sujetándose la leche, que desborda generosamente sus senos, con la otra y la ayuda de un pañuelo. Seguro que no sabe de lo que habla Brandy más que de una manera vagamente teórica. Ha tenido dos hijos, pero me temo que su marido iba siempre al grano y no le ha dado oportunidad de espabilar; estaba demasiado ocupado con otras señoras como para andar perdiendo el tiempo dentro de su propia cama.

—Yo nunca he tenido nada que ver con Edgar —aclaro, irritada.

—Yo no he dicho nada sobre «ver». —Brandy me mira con unos aires de superioridad que consiguen intimidarme porque ella está maquillada y yo no; ella está vestida como para ir al baile de Cenicienta y birlarle al Príncipe, y yo llevo un viejo chándal de felpa, barato y de color negro escarabajo, que no resalta mis formas ni me hace sentir precisamente una gran autoestima. Ella siempre va bien peinada, cardada y rizada, mientras, en lo que a mí respecta, parece que acabo de pasar la noche de difuntos mesándome las greñas; lo que suele ser rigurosamente verídico, si tenemos en cuenta la naturaleza de mi trabajo.

—¡Ah! —digo, mientras evoco una agradable imagen mental de mí misma, como cuando me arreglo para ir a las discotecas de inmigrantes negros acompañando a Coliflor para que ligue; procuro elevar mi ego tan alto que pueda decirse que lo cierto es que tengo y todo—. Yo... nunca he tenido ningún lío con Edgar; tampoco me interesa.

—Tú... —contraataca Brandy ante una estupefacta Gádor, que seguramente empieza a considerar la posibilidad de volver a echarse a llorar y no parar mientras viva—, eres una calienta-pollas, nena.

—¿Yo? ¿Que yo soy una...? ¡Y tú una zorra! —Me olvido de mi autoestima por un momento cuando trato de agarrarla del pelo y arrancarle el cuero cabelludo al estilo navajo, dándole unos ligeros cortes oblícuos desde las sienes hasta la base del cráneo.

—¡Vale, vale, vale...! —Gádor hace un puchero.

Nos calmamos ante la amenaza de que vuelva a abrir el dique de sus sensibles lagrimales y nos miramos como dos pistoleros a los que les falta una muesca crucial en su culata.

—No vuelvas a insultarme —le digo señalándola con el dedo.

—No te insulto. Tú le diste esperanzas a ese pobre tío, y cuando quiso ir a por ti, saliste corriendo haciéndote la mojigata.

—¡Pero es que yo soy una mojigata! ¿Todavía no te has enterado? —Finjo sorpresa y abro mis párpados sin rimel ni sombra como si esperara que fuera a entrarme algo por debajo de ellos—. Hasta la palabra «envergadura» me pone colorada.

—¿Ah, sí? Pues a mí me pone cachonda —me suelta Brandy, que por una vez lo ha cogido.

—No me extraña.

—¿Podéis hacer el favor de callar ya? —Gádor nos contempla con ojos cuajados de reproches.

—¡Qué escándalo es éste! —La tía Mary asoma la cabeza y todas nosotras vemos brillar al fondo del pasillo las lentejuelas doradas de su camiseta con una pantera negra estampada.

Le decimos que no pasa nada, y vuelve a perderse en la penumbra de la cocina murmurando que va a tomarse una aspirina. Siempre está con nosotras, a pesar de que no nos soporta a la mayoría; creo que es porque hay personas a las que les gusta estar cerca de su familia sobre todo por si, en un momento dado, necesitan alguna transfusión de sangre. El viejo loro es de esa clase, a qué mentir.

—Muy bien... —digo por fin, cediendo y dándole a Brandy una oportunidad de sentirse importante; sin embargo no puedo resistir la tentación: la señalo con el dedo y la acorralo contra la pared como si fuese armada y todas supiéramos que tengo el gatillo fácil—, pues llama tú a Edgar y encárgate de que solucione lo del divorcio; si te gusta más así, hazlo tú misma.

—De acuerdo —responde ella retirando mi dedo de un manotazo—. No te preocupes, lo llamaré. ¡Vaya que si lo haré!, ¿quién necesita tu influencia? Sobre todo teniendo un culo como el mío.

17

M e levanto temprano y me doy una ducha tibia; me lavo el pelo, me afeito las piernas con una cuchilla nueva y me paso seda dental entre los incisivos superiores mientras pienso que a lo mejor la abuela está perdiendo de verdad el juicio. Anoche me contó, mientras mecía a Rubén que ha cumplido un mes y dormía decorosamente en su moisés, que está segura de que Jesucristo ha vuelto a la Tierra. Dice que ella lo vio por la tele y era Él, pero que la gente no le ha hecho ningún caso porque lo han confundido con el resto de los que hacían los mismos trucos que Él en la misma franja horaria, pero por otros canales. Me dijo, de forma confidencial, que por eso no soporta la televisión, porque no deja de marearla y ella, a su edad, empieza a necesitar respuestas.

Entro en la cocina a tomarme un vaso de leche caliente; esta noche apenas he podido pegar ojo porque Rubén tiene gases, se siente molesto y no para de llorar.

—¡Qué asco!, ¿sabes, Candela? —me comenta Bely—. Había una cucaracha aquí, en la cocina...

—¿Y cómo ha llegado hasta aquí si esto es un primer piso? —le pregunto haciendo aspavientos de repugnancia yo también.

—No sé cómo ha llegado hasta aquí, no le ha dado tiempo a darme explicaciones. La he aplastado con el *Hola*. —Bely me sonríe sádicamente, y continúa hablando con las demás—. Abuelita, tú es que te crees que lo sabes todo.

—Bueno, casi todo —responde mi abuela, que da sorbos cortos y tímidos a su café con leche.

—¿Ah, sí? —Bely la provoca con dulzura; habla con la boca llena de tostada—. Vamos a ver... A ver si lo sabes todo. Por ejemplo, ¿qué sabes de... Platón?

La abuela piensa un poco antes de darle un mordisco a su churro caliente.

—Pues que ya murió, ¿no? —responde antes de seguir comiendo.

—¡Ja, ja, ja! —Mi hermana pequeña aplaude y le da un beso a la abuelita, que apenas si se inmuta.

Quiero desayunar deprisa, llegar pronto al trabajo y pedirle al jefe que me dé unos minutos para pasar por el banco. En el Banco de Crédito Rural de Castilla-La Mancha guardan algo que me pertenece; y de vez en cuando me gusta comprobar que ese algo sigue en su sitio. El alquiler de la caja negra me cuesta una pequeña fortuna al mes; unos cuantos billetes si tenemos que concretar el precio, pero demasiados para una economía tan depauperada como la que yo poseo en estos momentos.

Me gusta sentarme en la sala cerrada de la entidad bancaria, forrada de mármol verde almeriense, con una única puerta blindada frente a mí. Allí me siento igual que si viviera dentro de una película; me encanta encerrarme con mi pequeña caja negra y destaparla despacio, con extrema delicadeza y lentitud. Cuando está a punto de abrirse del todo cierro los ojos y noto cómo el calor y el color de los brillantes me acaricia la piel, igual que si irradiaran una especie desconocida de invisible fuego. Por supuesto, esto son imaginaciones mías, porque los pedruscos son fríos, casi reptilianos; sin embargo, a mí me hacen arder sólo con mirarlos.

Abro los ojos de repente, abro mis ojos y veo el montón de cristales milenarios amontonados sobre el raído terciopelo de la caja, su insensata belleza tornasolada que se me ofrece con una inocencia mineral. Y mis ojos saben que aquello es sólo para mis ojos. Dudo que alguien pueda haber sentido nunca tanta emoción como yo, o la misma clase de emoción que yo siento. Nadie puede hacerme pensar que —como aseguraba Pitágoras, si hemos de creer a Porfirio— hasta los acontecimientos se repiten y nada es nunca absolutamente nuevo. Porque yo sé que mis ojos sí son nuevos. También sé que nunca habían visto nada igual; nada como esas pequeñas piedras exquisitas, candorosas y puras, que me hacen tan feliz sólo con dejar que yo las vea. Apenas si me atrevo a tocarlas; temo que se deshagan entre mis dedos como un sueño y yo no quiero que mis sueños se deshagan.

A veces tengo algún que otro pequeño rapto de lucidez y me digo que debo usar las cosas como cosas y no dejar que las cosas me usen como cosa. Pero la cosa es que no puedo evitarlo, adoro estas piedras, aunque ya sé que no son más que piedras.

—Carmina, estás muy seria. ¿No dices nada? —La abuela ya ha terminado y se seca la boca con la punta de una servilleta a la que ella misma ha añadido unos flecos de punto de ganchillo.

—No, no tengo ganas de hablar. He reñido con una persona, y no estoy de humor —gruñe mi hermana mayor.

—Y... esa persona —pregunta la abuelita, como al descuido— ¿era hombre o mujer o..., como tú?

Carmina se levanta de la mesa violentamente y derrama su vaso de zumo. Sale de la cocina dando un portazo; hoy se parece más que nunca a Chewbacca.

—¿Pero qué he dicho? —La abuela nos mira desconcertada; probablemente ha tenido tanta intención de ofender a Carmina como a Dios Padre cuando dice que su hijo Jesucristo sale por la tele—. ¿Pero qué..., qué he dicho?

Voy en busca de Carmina, que se encierra en el lavabo porque no puede hacerlo en su dormitorio, donde Paula duerme todavía.

—Carmina, abre...

—Iros todas al pedo —contesta escuetamente.

Le digo que disculpe a la abuela, que no sabe lo que dice; le digo que quizá la abuelita está perdiendo algún tornillo y le cuento algunas anécdotas que me vienen a la mente y que me hacen sospechar de su senilidad irreversible.

—Voy a suicidarme —responde con sencillez.

—¿Y tiene que ser ahora mismo? —le pregunto malhumorada; entre todas las mujeres de esta casa, incluida la perra que empieza a lamerme el tobillo, conseguirán que llegue tarde al trabajo—. ¿Tiene que ser ahora mismito? ¿Con el desayuno encima de la mesa? ¡Pues verás cómo se va a poner mamá!

Oigo unas risitas sofocadas detrás de la puerta chapada en color pino. Me entran ganas de largarme, pero me quedo; yo creo que soy buena porque no he podido ser otra cosa. Suspiro con resignación y vuelvo a insistir en que me abra. Si no desayuno, todavía puedo llegar a tiempo al trabajo.

Carmina descorre el cerrojo, y yo entro en el baño con suma cautela. Ésta es la última mañana en que madrugo para tener tiempo de sobra y poder perderlo con los ataques de histeria de mi familia; trae mucha más cuenta levantarse con la hora justa para salir pitando y comprar una ensaimada en la panadería de la esquina.

—Cierra la puerta, ¿quieres?

Obedezco y me siento encima de la tapa del bidé. Mi hermana está sentada en el borde de la bañera y la mira con tristeza, como planeando arrojarse dentro de ella, como suponiendo que la bañera no es una bañera sino la misma mar océana que se la tragará en un segundo poniendo así fin a sus pesares, cualesquiera que sean éstos.

—¿Qué te pasa, chatita? —le pregunto, haciendo un esfuerzo por endulzar la voz.

—Pues que para mí, Candela, para mí..., la vida no tiene sentido.

—No digas tonterías, ¿no va a tener sentido la vida para ti, si tú eres un bien social? ¿Quién despedaza a esos fenómenos de vacas, y quién las filetea para que la población tenga bastantes proteínas y..., y la especie humana no se extinga? —La obsequio con una sonrisa cariñosa, pero ella sostiene la mirada baja—, ¿quién lo hace? ¡Pues tú, chiquitina!

Carmina, que mide ciento ochenta y cinco centímetros, y pesa alrededor de un kilo por centímetro de estatura, es cualquier cosa menos chiquitina, pero toda una vida al lado suyo me ha enseñado que a esta criatura le encanta que yo la llame así. Me sonríe con timidez, pero vuelve a enfurruñarse enseguida.

—A mí no me gusta ser carnicera.

—¿Y qué te gustaría ser, chiquitina? —Lo pregunto con auténtica curiosidad, porque Carmina lleva trabajando en la misma carnicería desde los dieciséis años; ahora tiene veintisiete, le falta un mes para los veintiocho, y parece un poco tarde para cambiar de vocación.

—¿A mí?

—Sí, a ti, ¿qué te gustaría ser a ti, chiquitina?

—Pues a mí, «esteticién».

Me acerco a ella y la abrazo encantada, igual que haría con mi hijo de diecisiete años, si lo tuviera, después de que me comunicara que ha decidido estudiar para ingeniero aeronáutico.

—Pues no te preocupes, chiquitina. Haces un cursillo del ayuntamiento, o en una academia, y luego buscas a ver si te sale algo; o le pides a la tía Mary que te deje un local y te instalas tú sola. Ya se lo irías pagando poco a poco.

—No, si ése no es el problema. Yo en la carnicería estoy bien.

—¿Entonces?

—Es Julián, el chico con el que estaba saliendo. Ya sabes...

Asiento comprensivamente. Me parece que se me está arrugando mi traje estilo Chanel; aunque no sea Chanel más que en el estilo me lo he puesto porque me gusta impresionar a los empleados del banco cada vez que paso a visitar mi caja fuerte. Hoy ya no podré visitarla.

—¿Qué pasa con él?

—Pues que es bisexual.

Suspiro de nuevo y me saco una mota del ojo, maquillado en exceso ya de buena mañana. La vida sigue haciendo estragos, me digo, y sin saber por qué me pongo contenta.

—Para mí el amor, ya lo sabes tú, Candela, para mí el amor era como uno de esos camiones que llevan puesto encima de la cabina «El que faltaba» con letras de colores bien, pero que bien grandes.

—Sí. Sí... Ya me habías comentado algo, sí.

—Yo estaba tan satisfecha con él, ya lo sabes. Pero resulta que Julián es bisexual.

—Bueno... —Busco palabras que la consuelen aunque ni siquiera formen frases, y no digamos oraciones completas. Lo que me fastidia es que voy a llegar tarde al curro—: Eso es bastante normal. Lo decía, hace ya bastante tiempo, el propio Freud que, aunque dijo muchas tonterías, a veces también apuntaba algo obvio. Por otra parte... ser bisexual es bastante lógico si te paras a pensarlo. Yang, yin, macho, hembra... El sexo no es más que, digamos, una cualidad, y como toda cualidad es raro que se dé en estado puro, exceptuando casos como el de Víctor y pocos más. Todo el universo es así, una mezcolanza de cosas; y nada puede ser enteramente yang o yin. Nada es tan perfecto, nadie es tan puro y auténtico... —excepto mis diamantes, pienso reconfortada.

—Y una mierda. Me lo encontré haciéndoselo con un cartero en el almacén —gimotea dramáticamente, quizá demasiado—. Lo del yang y el yin me importa un pijo. Es medio maricón.

—¡Medio!, ¿lo ves? Es lo que yo te estoy diciendo.

—No me gustan los hombres que tienen tendencias homosexuales —insiste Carmina—. Me gustan más como tú dices, me gustan más los «homosensuales».

La convenzo para que vuelva a la cocina y termine con su desayuno, ya hablaremos en otro momento. Los churros se le habrán enfriado, y tendrá que recalentar la leche. Le aseguro que volverá a encontrar otro chico enseguida y se olvidará del tal Julián inmediatamente.

—No será tan fácil. En el trabajo lo veo todos los días.

—Pues no lo mires —le aconsejo; le doy un beso y me largo corriendo al trabajo.

18

i problema es que aparento ser diez años más joven y diez veces más tonta de lo que soy en realidad — me dice Coliflor; echa una bocanada de humo hacia el techo mientras guiña un ojo para evitar que se le ahume, y mantiene estirado el dedo meñique de la mano con la que sostiene el cigarro como si tomara té con la reina en vez de estar fumando en un antro. No diría yo que el que acaba de mencionar es exactamente su problema, pero, ¿para qué sacarla de su error?, ¿acaso soy yo alguien para ir por ahí deprimiendo a la gente? La vida ya es bastante dura—. Ése es mi problema. Por eso no pillo cacho ni vestida de furcia con descuento, como hoy. O a lo mejor es que tengo pinta de estrecha, ¿tú qué crees?

Echo una mirada a su cintura tratando de abarcarla con la vista, pero me resulta una tarea fatigosa intelectualmente hablando. Y con lo floja que yo soy.

—No, tú no tienes pinta de estrecha. Pero es que nada — comento aburrida.

Le doy un sorbo a mi zumo helado y examino el ambiente pretendidamente brasileño del local. Unas pamelas de paja con un agujero sirven de lámparas. Aquí el cañizo es el Dios del bar, está por todas partes, no sólo tiene el don de la ubicuidad, sino el de la ubicación. Las paredes son de color rojo y hay varios morenos desparramados sobre los asientos de rafia y cuero viejo comiéndoles las orejas a sus novias.

Me pregunto si lo que siento ahora mismo es eso que solía llamarse neurosis demoníaca. Aquí hay más ghaneses que tíos del Cabañal, pongo por caso. Parece que, aunque estamos a cincuenta metros del cuartel de la guardia civil, en la avenida del Puerto, los dealers no se cortan, sólo cortan los ajos y el buco.

Y yo voy de palo con esta gorda y su miserable manía de funcionarse a los tíos y darme a mí la brasa. A mí, su mejor amiga del alma.

Hace un calor axfisiante aquí dentro; se lo advertí antes de que pasáramos, pero ella como si nada. Me dijo, toda adornada de sonrisas «vamos a pasar a aquí, que me han hablado muy bien del sitio, y además tienen aire acondicionado»; yo le regalé una de mis miradas taciturnas y respondí que me consta que por esta zona eso del «aire acondicionado» puede significar un negro con un pai-pai. Y efectivamente, ahora mismo hasta yo sudo; y la humedad del ambiente no ayuda mucho para que dejemos de hacerlo.

—Quería que saliésemos sobre todo para contarte con detalle lo de tu cuñado Víctor —me dice a voces mientras apaga el cigarrillo sobre un cenicero rústico: un trozo de corcho en forma de cuenco que alguien arrancó, sin demasiados miramientos, del tronco de un alcornoque y puso sobre esta barra para que la gente no tirara las colillas al suelo.

—Para contarme... ¿qué? —elevo la voz sobre la música y percibo su mirada brillante, cargada de presagios y secretos, su sonrisa y su chusca avilantez.

—El otro día me di un garbeo por la planta de Maternal, para ver a un amigo...

—Ah. —La miro con interés, estimulándola a seguir hablando aunque sé que no necesita estímulos de ningún tipo para hacerlo. Probablemente lo que quería contarme de viva voz no es más que otra excusa para arrastrarme a estos baretos que ella cree abarrotados de negros sensuales y bien dotados, desperados por encontrar pareja ocasional, o incluso a ella.

—Y..., ¿a que no sabes a quién me encuentro por allí? —abre la boca voluptuosamente, como cuando le pide las bebidas al camarero mulato que hay detrás de la barra.

—A mi cuñado Víctor.

—¿Cómo lo sabes? —pregunta enfurruñada.

—Porque acabas de decirme que querías salir conmigo esta noche sobre todo para contarme con detalle lo de mi cuñado.

—Bueno, pues sí. Era tu cuñado —reconoce con pesar.

—¿Y le escupiste de parte de mi hermana y mía?

—No, no lo saludé siquiera. Cuando yo llegué terminaba la hora de visita, y él ya se iba. Me escondí cuando pasó y no me vio. Pero le pregunté a la jefa de enfermeras de Maternidad si sabía quién era.

—¿Y...?

—Me dijo que era el padre de un niño que acababa de nacer.

—Sí, pero mi sobrino Rubén tiene ya dos meses. —Remuevo con una pajita mi refresco casi granizado de frutas exóticas enlatadas. Me gustaría estar en Ipanema de verdad, no metida en un póster de Brasil oscurecido con alevosía o por simple impago de las últimas facturas del suministro eléctrico.

—Pues, claro. Eso es lo que pensé yo. La cosa me olió mal. Por eso pregunté cuál era la mujer de Víctor y en qué habitación estaba. Fui a verla y me encontré con una tal Juliana no sé qué, de cuarenta años, primípara añosa, y tan añosa, claro; morena, fondona, bastante patizamba, si eso te consuela, y con los ojos como si estuviera presenciando una eterna explosión nuclear; una tía así como..., como espantada, y con pelos de loca. Como soy enfermera, y ella no sabía que yo no era de aquella planta, cogí un bolígrafo y unos formularios sobre geriatría que llevaba en la carpeta y la sometí a un interrogatorio que te cagas. Tengo su nombre, dirección, teléfono, antecedentes médicos familiares y todo lo que te puedas imaginar. No creo que ningún detective privado hubiera podido hacer la faena que yo te hice gratis el otro día —me dedica una sonrisa cómplice—. Tu cuñado ha tenido con ella un niño de dos kilos quinientos gramos que se llama... ¡tachán!... ¡tachán!... ¡Rubén!, y que está todavía en la incubadora.

Coli me mira radiante, como si acabara de darme una estupenda noticia. Me quedo callada unos instantes; y a pesar de que ni siquiera bebo ni me drogo, me siento como aquella temporada en que leí tanto a Carlos Castaneda.

—¿No dices nada? —pregunta Coli, con los labios humedecidos de gin-tonic—. ¿Tenía, o no tenía noticias que darte?

—Qué cabrón —comento escuetamente—. Menudo crápula está hecho. Pero..., pero..., pero ¿qué es ese tío? ¿Un adicto al sexo o a la paternidad, o...?

—Será un donjuán. —Coli parece disfrutar, a pesar de mi abatimiento—. Sólo que, como decía Espronceda, para él el amor, con sus cuestiones, no está en el corazón, sí en los cojones.

—¿Espronceda decía eso?

—Fijo, tía. Está en verso, ¿no? —Cambia de postura sobre el taburete, que le viene un poco pequeño a sus posaderas, y de asunto también—. La cuestión es que esto te pone los ojos a lunares. Tu cuñado ha tenido la desfachatez de hacer dos tripas casi a la vez, ¡y encima de registrar a los dos niños con el mismo nombre! Hasta ahora no conocía a nadie que tuviera los nombres de los hijos repetidos. Bueno, sólo un caso parecido, en el pueblo de mi madre. El padre se llamaba Crucecito, la hija mayor Mary Cruz, la mediana Crucifixión, y el hijo pequeño...

—¿Crucificado?

—No. Juan José. Pero como si tal, porque parecía una cruz, tenía un tipo que era..., ¡yo qué sé, tía!, como un palo muy largo y siempre llevaba los brazos como si fuera a darte un abrazo. En fin... No sé a qué esperan en este país para volver a legalizar la pena de muerte, aunque sólo sea para casos como el de tu cuñado.

—Desde luego —asiento yo.

—Además, no sé qué es lo que le ve a la tía del Rubén II—. Hace chiribitas con los ojos, que dan varios saltos mortales dentro de sus cuencas—. Tiene unos antecedentes médicos que si los ves... Trece abortos a cuestas. Ha tenido este niño porque el médico le advirtió que, uno más, y se iría directa al barrio de los flacos, a criar malvas o a practicar la jardinería en general, pero siempre en la sección de Abonos Biológicos. No puede decirse que haya sido un embarazo deseado, que digamos.

—Madre mía.

—Es maestra, y por el rato que estuve hablando con ella, me parece que se considera toda una intelectual. Me miraba como si yo fuese una ratita con bata y ella la marquesa de la píldora. Tiene amargadas a las enfermeras porque va por la planta avasallando a la gente, y no pueden echarla a su casa porque, con el programa nuevo de recién nacidos con sufrimiento fetal, dejan a las madres ingresadas junto a sus hijos hasta que les dan de alta a ellos. —Coli se mece mientras habla, al ritmo de la música—. Menuda arpía. Cuando entré en la habitación estaba leyendo un libro titulado *Vudú y magia negra. Hágalo usted mismo*. ¡Brrrr! Joder, qué mal fario me dio, Candela. ¿Dónde hay madera, que la toque?

—¿Dices que está todavía en el hospital? —pregunto inocentemente.

—Sí. La dejarán irse dentro de tres o cuatro días. Mi amigo, el que te he dicho que fui a ver cuando descubrí a Víctor, me aseguró que se van a quedar como perro al que le quitan las pulgas en cuando se vaya esa tía... ¡Brrrr!

—¿Me acompañarás mañana a que la vea, si me acerco por el hospital a mediodía?

—Mañana no trabajo, boba. Si trabajara no estaríamos aquí, ¿no? —Me señala con un nuevo pitillo encendido apuntando hacia la oscuridad que se cierra a nuestra derecha—. ¿Has visto qué culo tiene ese moreno? Duro y jugoso, como la ternera del comedor del hospital. ¡Ñam!

—Quiero verla, Coli.

—Pues te esperas hasta pasado mañana. ¿Por qué quieres verla? Mira que eres morbosa, guapa. ¿No te acabo de decir que es una bruja, y que está sobradamente preparada? ¡Pero si hasta tenía subrayado el libro! Lo vi con estos ojitos que han de ver algún día un hombre en mi cama. —Me pone una mano sobre el muslo y me da palmaditas—. Candela, que esa tía no sólo es una bruja, que además estudia...

—Pero yo quiero verla.

—¿Para qué? Es la amante del marido de tu hermana. No la amante de tu novio el gitano.

—El gitano no es mi novio.

—Pues lo siento por ti. Podrías darle mi número de teléfono entonces, ¿no? —me interroga con la mirada—. ¿No? Pues bueno. Quiero decir que a ti ni te va ni te viene lo de la Juliana, ¿a qué el interés, tía?

—Me gustaría ver si ha rodado alguna película no recomendada para menores.

Coliflor me mira y menea la cabeza, sin comprender.

—Más te valdría estudiar y hacerte una mujer de provecho —dice y mira hacia el lugar de donde parece provenir un cierto jaleo cuyo rumor va intensificándose hasta alcanzar la categoría de verdadero escándalo.

El portero del garito entra a trompicones cerca de donde estamos sentadas y empieza a dar puñetazos sobre la nariz de un listillo con cara de estar bastante traumatizado ya mucho antes de la tunda. Dos amigos acuden detrás de él en su auxilio, pero el tío de la puerta parece bastante robusto y les sacude alternativamente a los tres porque seguro que piensa que para eso le pagan, y que así de paso liberará un poco de adrenalina. Alguien para la música, y la voz del cancerbero mulato de dos metros resuena en nuestros oídos tan nítida como llegaba hace unos segundo el mambo al que acaba de sustituir.

—¡Mamone', hijo' de mala made! —grita furioso, aporreando

las cabezas del trío de colegas la una contra las otras y dándome a mí, una vez más, pruebas irrefutables sobre la inferioridad de la raza blanca—. ¡Culone' de miedda, culone' degrasiao'! ¡Jodío' buana'!, ¡a tomal pol culo! ¡He dicho que tío' blanco' no pasan aquí dento! ¡Poque cuando pasan, mira tú qué le' pasa! ¡Tía blanca, güeno, de tío nanai! ¡Jodio' buana' de miedda! ¡A cagal miedda blanca a la puta calle!

Coli y yo nos miramos y, sin necesidad de mediar ni una palabra entre las dos, nos escabullimos a toda prisa hacia la salida de emergencia antes de que el follón se propague hasta el cuartel, que está al lado y no conviene olvidarlo.

19

Amador me ha dado algunos detalles de su carrera deportiva; lo ha hecho poco a poco, durante los días en que hemos estado saliendo juntos desde la muerte de su padre hasta ahora. Me dijo, por ejemplo, que aparece incluso en el Guiness como el primer deportista olímpico de raza gitana del mundo. No sé si es verdad o no porque, aunque le he sugerido varias veces que me enseñe el libro, nunca parece tener tiempo para buscarlo. Lo que sí he visto han sido los recortes de prensa en los que aparece él el año en que ganó la Golden Four; cuatro meetings en los que superó a una pandilla de negrazos que habrían dinamitado la moral del más pintado; aunque nadie ha dicho que Amador sea el más pintado, y quizá por eso no se amilanó. Tal vez por eso ganó cuatro veces seguidas a lo mejor de la elite del atletismo mundial —entre los que, afortunadamente, no se encontraba su ídolo Carl Lewis—, en ciento diez metros valla, y se llevó a casa sus diez kilos de oro. Compartió los veinte kilos del total con una lanzadora de jabalina rumana junto a la que aparece en algunas fotografías; ella luce un contorno de pecho digno de encomio, menos mal que en una foto lleva puesta una camiseta donde puede leerse No problem.

Amador dice que el día que ganó el oro se hizo racista sólo

porque descubrió que realmente, sí, los negros eran superiores a todos los demás; aunque él tuvo mucha más suerte que ellos. Amador se retiró de la competición después de una fractura de tobillo que le hizo pasar por el quirófano. Pero entonces ya tenía suficiente dinero para vivir holgadamente y ni siquiera había cumplido veintiséis años.

Tiene acciones, una casita en la playa y un apartamento de ciento cincuenta metros cuadrados en la Gran Vía de las Cortes. Y resulta muy reconfortante saber que es un buen partido.

Abrió una tienda de deportes en el centro, cerca de su piso, con un dependiente alemán que habla siete idiomas a la perfección, menos el nuestro, y una ayudante paya, artista del contoneo de caderas, que personalmente no me gusta ni un pelo, aunque me limito a ignorarla. Comprar unas zapatillas de deporte allí es un lujo que la mayoría de los mortales no podemos permitirnos.

Sigue teniendo una vinculación muy estrecha con su familia, incluido su hermano Antonio —el mismo de mis pesadillas—, aunque todos ellos viven en un pueblo de los alrededores.

Amador ya no es gitano; pero de alguna manera tampoco ha dejado de serlo. Dice que ser gitano no es tan malo, que tiene sus ventajas como cuando te tropiezas por la calle a veinte gitanos de frente, una noche de invierno, veinte calorros con las melenas y los dientes largos y, sin embargo, sabes que no tienes que salir corriendo.

Amador me gusta tanto que estar con él me da miedo. Lo admiro porque fue capaz de hacerse con su oro después de correr delante de un estadio repleto de gente y televisiones de todo el mundo, mientras yo he agarrado a hurtadillas unos diamantes y pienso ahora en salir corriendo.

Sin embargo, procuro no torturarme con problemas de conciencia. Procuro no pensar demasiado en ello. Si pensara demasiado en ello deduciría que lo mejor que puedo hacer es acercarme a mi banco, sacar los diamantes, meterlos en una bolsa de plástico del supermercado, dárselos a Amador, pedirle perdón con la mirada baja, y desaparecer para siempre de su vida. Pero no deseo desaparecer de su vida; y los diamantes se han convertido —igual que él— en mi vida. Renunciar a Amador y a los brillantes sería renunciar a vivir. Y a la vida hay que darle vida, porque si no se la lleva la muerte.

Hasta el momento sólo he tenido un par de novios más o menos serios, sin contar los escarceos adolescentes. A ambos los conocí en mis tiempos de la facultad. El primero era un doctorando que hacía la tesis sobre una enfermedad de las cabras cuyo nombre sigo ignorando, al igual que su existencia real, que tampoco me consta. Cabras murcianas, ellas eran el objeto de su estudio y su interés. Aunque no tuvimos más que unos pocos encuentros sexuales, bastante torpes y precipitados —el primero de los cuales fue mi debut en el mundo de las relaciones íntimas—, el tío me pegó, durante los seis meses que duró nuestra relación, un buen montón de pulgas, no sé si murcianas. Yo nunca había tenido pulgas hasta que lo conocí, jamás en toda mi vida, y eso que hemos tenido tres perras en casa. Ni siquiera Achilipú había tenido pulgas hasta entonces, justo hasta que, como es evidente, yo se las contagié al pobre animal. Las pulgas me ponían frenética, me alteraban los nervios y me llenaban de erupciones cutáneas. Parecía una cría hiperactiva e infectada. Cuando, cansada de rascarme, le sugerí que podía cambiar de tema para su doctorado y dedicarse, es un suponer, a los delfines, que parecen bastante limpios, él se limitó a callar, a hacer caso omiso y a regalarme un día, mientras tomábamos café en el bar de la facultad, un collar de perro antipulgas. Lo abandoné aquella misma tarde; su recuerdo me duró lo que vivieron los últimos parásitos que extraían sangre de mis venas para asegurarse la manutención.

Después intimé con un ayudante de Química Orgánica que me excitaba terriblemente. No había visto a un tipo tan atractivo, y que me prestase atención a mí, desde el último día que pasé con mi padre. Ese chico era todo lo que una mujer puede desear, y la

primera, además de única, vez que consumamos satisfactoria-
mente nuestra agradable relación, me dijo sobre el sexo algo
parecido a lo que la Reina Blanca le dijo a Alicia con respecto a la
mermelada después de que la niña atravesara el espejo. La Reina
Blanca le aseguró a Alicia: «Habrá mermelada un día sí y otro
no.» Él me dijo a mí que tendríamos sexo un día sí y otro no;
aunque sospecho que hablaba en los mismos términos que la
Reina Blanca. Cuando Alicia se interesó por la mermelada, la
Reina le respondió: «La mermelada se come ayer y mañana. Y
hoy no es ni ayer ni mañana. Te dije que habría mermelada un
día sí y otro no.» Resultado: como hoy no es ni ayer ni mañana,
nunca había mermelada. Nada en absoluto de mermelada. Nada
de sexo con mi novio. Hoy no es ni ayer ni mañana.

A los tres meses, y muy desesperada, dejé al ayudante con tres
palmos de narices sobre su bella cara dura. Él tenía poder absoluto sobre mí, me doy cuenta ahora. Y yo siempre he pensado
que pocas cosas hay tan peligrosas como el poder absoluto,
excepto la absoluta idiotez, y cuando van juntas, como era el
caso, el resultado es una inconmensurable catástrofe. Hice bien
en dejarlo plantado. Es un chico que no ha prosperado mucho, ni
siquiera en su carrera académica. Lo último que sé de él es que
sigue de eterno ayudante universitario y que hace ocasional-
mente de modelo; lo he visto en una valla publicitaria, cerca del
río, que incitaba a tomar Aspirinas.

Ahora, Amador me mira y me guiña un ojo. Estoy nerviosa,no
sé cómo sentarme y si debo o no cruzar las piernas. Noto una
alarmante sensación de inseguridad en forma de hormigueo que
sube desde mis muslos hasta mi garganta. Él tiene el pelo ondulado recogido en una coleta que chorrea agua. Ha salido del baño
de su dormitorio y creo que está desnudo, aunque no consigo
fijarme más que en su cara; es como si el resto de su cuerpo
acabara de desvanecerse a causa de uno de esos trágicos e impre-
visibles efectos secundarios del medio ambiente, contaminado en
exceso, a los que parece que nos vemos sometidos a cada

instante, y sin sospecharlo siquiera, en las ciudades de hoy día. Quizás el agua de las tuberías es radiactiva y le ha borrado gran parte de su ser.

—¿Qué pasa? —Amador se acerca hasta casi rozarme las labios con su nariz; supongo que mi expresión debe ser un bonito cuadro a caballo entre una estampa de la Ascención de Cristo a los Cielos y un pasquín de «Salvad al burro ibérico»—. No me irás a decir que eres racista.

—Sí, lo soy. Pero en el buen sentido, claro.

Oigo a Camarón de la Isla cantando a través de los bafles. Vola... volando... vola... volando voy, volando vengo... por el camino yo me entretengo. Y: «si tengo frío, busco candela...»

20

¿Te has acostado con un, con un, con un gitano? —me pregunta Gádor; por su cara cualquiera diría que acabo de comunicarle que me lo he hecho en la funeraria con los restos mortales de la ballena tumefacta que apareció ayer varada en la playa de poniente—. ¿Un... gitano de verdad?

—Bueno, sí. Eso creo.

—Pero... Candela..., ¡un gitano! ¡Un gitano es que es un gitano! —insiste Gádor.

—Pero, Gádor..., él no puede evitarlo —murmuro a modo de excusa.

Le doy una larga serie de explicaciones más, aunque no parecen hacer mella en la conciencia social de mi hermana, que sospecho más bien débil.

—Tú sabrás lo que haces, pero yo no lo veo bien. Te traerá complicaciones. Los gitanos son todos traficantes de droga.

—Todos no, Gádor.

—Pues muchos.

—Puede que algunos, pero no todos. —Empieza a incomodarme la postura de Gádor, no me parece ecuánime ni desprejuiciada ni humana, ni racista en el buen sentido—. Además, lo suyo es cultural, ¿entiendes? Son un pueblo errante y todo eso; siempre han trapicheado con lo que había en cada época. Ayer eran los mulos, hoy la droga, mañana los chips de ordenador, ¿quién sabe? Ellos se amoldan a lo que hay, no es culpa suya. Y Amador no es camello, es empresario, para que te enteres. Y campeón olímpico.

—¿Campeón olímpico? ¿En qué, en dos metros catre?

—Ciento diez metros vallas —le corrijo con un orgullo irreprimible.

—Anda ya, no me jodas, Candela. —Se sienta sobre la cama dejándose caer desmadejada, con los ojos fijos en la cunita donde reposa Rubén—. Eso no hay quien se lo crea.

—Pues no te lo creas, me da igual. En cualquier caso es gitano y ese detalle no es óbice para que me tenga sorbido el sexo —digo casi sin percatarme de mi lapsus lingüístico.

—¿Dices que te ha sorbido...? —Gádor me escudriña la cara, meditabunda; habla en voz muy baja, y se mueve como si arrastrara un violento lastre; quizás el muy legendario de la maternidad agravado por la depresión postparto.

—Están llamando al timbre. —Salgo de puntillas al pasillo, y dejo entornada la puerta de nuestro dormitorio; asomo la cabeza un momento y digo—: De verdad, Gádor, es un tío increíble, es algo... salvaje; desde que lo conozco he pasado de creerme una ladrona de corazones a darme cuenta de que no soy más que una pobre policía. No me constaba que quedaran hombres así sobre la faz de la Tierra. Y gitanos... ¡qué te voy a contar!, no me lo imaginaba pero es que en absoluto.

Gádor pone cara de ir a echarse a llorar.

—¡¿Es que, pero es que todo el mundo piensa en lo mismo, menos yo?! —me grita con rabia, y temo que acabe despertando al niño.

Pobre hermanita, desde que le he contado que su marido ha vuelto a ser papá de otro Rubén aún más pequeño y cabezón que el nuestro, está un poco más nerviosa que de costumbre.

Cuando abro la puerta y contemplo a Víctor en el umbral, lo

primero que pienso es que, por fortuna, Paula se pasa el día entero en el colegio, y Rubén I vive en un reino que todavía no es de este mundo. De no ser así, ambas criaturas tendrían que asistir al espectáculo de ver a su padre vestido de mamarracho en paro, con unos Levis siete tallas más pequeñas que la suya, que le remarcan el bulto de la entrepierna y quizá, pensará él, le dan un aire como de protagonista de una película de la serie *Cherry Poppers*. Tendrían que admirar su cara —tan parecida a la del San Pancracio que mi madre tiene en la cocina, entre las especias y las vinagreras—, con ese toque de amuleto religioso que consigue que a veces lo confundan con un angelito de rizos dorados cuando en realidad es una bestia lúbrica al estilo de la Enmanuelle negra, y de más oscuro corazón todavía.

Lleva una camiseta, desde luego igual de ceñida que el pantalón, donde puede verse un rostro serio y barbudo que parece el negativo de una estampita con la cara de Jesucristo; unas letras negras anuncian que «Se Busca, Recompensa: la libertad. Jesús de Nazaret, galileo, 33 años, tez morena, barba y cabellos al estilo hippy, cicatrices en las manos y en los pies. Se acompaña de leprosos, mendigos, perseguidos y una banda de 12 incondicionales. Escandaliza a las masas con frases tan revolucionarias como: "amaos los unos a los otros" y "perdona a tus enemigos". Si lo encuentras..., sigue sus huellas». Me tomo tiempo para leer todo el texto de la camiseta de Víctor, mientras él se rasca y gruñe varias veces que «bueeenas, eeeh, bueeenas». Luego medito un segundo —que es el tiempo máximo que dedico a meditar sobre ciertas cosas— sobre el hecho probado de que no me consta cuál era el apellido de Nuestro Señor Jesucristo. San José, su padre adoptivo, debía de apellidarse de algún modo, pero yo lo desconozco por completo; Cristo es como Cher en eso, de alguna manera se las ha arreglado para ser mundialmente conocido únicamente por su nombre de pila.

A lo mejor lo de la camiseta de este menda sólo es una estratagema para ablandarnos recordándonos que no es cristiano sacarle los ojos a la gente, y mucho menos a quien fuera un devoto cuñado, yerno, y nieto y sobrino político, al único hombre que pisó esta casa durante unos años, sin contar a Carmina que no es que sea hombre por sus preferencias sexuales, sino que simplemente da muy bien el tipo. Pero yo no trago; hincho de aire mi pecho y me digo que si tengo que mandar a la mierda a un hombre, para ponerlo en su sitio, lo haré sin lugar a dudas.

—¿No te da vergüenza presentarte otra vez en esta casa? —le espeto con insolencia. Se nota que ha tomado el sol en los últimos días porque se le han puesto los mofletes como mojones, y me mira con la pasmada mansedumbre de un abrasado. Debe ser el piadoso efecto del texto impreso sobre su camiseta que seguramente él considera un magnífico resumen de la Biblia.

—Quiero ver a mi hijo —murmura humildemente.

—Pues te mandaremos un vídeo —digo, y me dispongo a cerrar la puerta.

—Espera, Candela, ¡aggg...! —Trata de impedir que cierre, y por supuesto consigue que le aplaste los dedos de la mano derecha contra el dintel.

—Pero tío, tío... Mira que eres torpe.

—Quiero ver al chaval... —dice mientras se chupa uno por uno los dátiles amoratados de la mano accidentada—. Soy su padre, y tengo derecho.

—Habla con Edgar, él es el abogado de Gádor y te dirá qué ha dicho el juez. Aunque te ahorraré la llamada, ya que el móvil te sale tan caro: el juez ha dicho que te permite una visita cada tres meses. Si no fueras un pervertido podrías ver más a menudo a tus hijos. A los jueces de familia no les gustan los padres pervertidos; piensan con razón que son una mala influencia para sus hijos.

—¡Pero, Candela, todavía no conozco al crío, y es mi hijo! —Parece asustado y confuso, y me suplica con la mirada de una manera que me hace reafirmarme en mis antiguas sospechas de que es uno de esos tipos a los que no les importa humillarse delante de quien sea con tal de salirse con la suya.

—Por lo que yo sé tienes otro hijo, y a ése puedes verlo tan a menudo como quieras... —Me siento toda una dama de hierro, sobre todo después de aplastarle la mano.

—No sé si el otro es o no es mi hijo, la verdad... —Sigue acariciándose los bastes con ternura, como si se tratase de la mano de otra persona que él apreciara delicadamente.

—Pues le has dado tu apellido.

—Era lo único que podía darle. —Ante mi mirada acusadora, se rebulle inquieto dentro de su espiritual camisa.

—Y le has puesto también Rubén.

—Porque fue lo único que se me ocurrió cuando me pasaron la hoja del registro... ¡Con la de vueltas que le dimos Gádor y yo antes de encontrar por fin un nombrecito que nos gustara...! Por eso, por eso, por eso cuando me dieron lo del registro aproveché que ya habíamos examinao las ventajas y los inconvenientes de los nombres de los puñeteros críos y... —sus ojos me ruegan sin requilorios que lo perdone, aunque no sea yo la más indicada para hacerlo—, y... en fin, aproveché el trabajo hecho.

Cómo no; te creo, cacho cerdo, y opino que, como todos los cerdos, estarías mucho mejor a la brasa. Lo que ocurre es que eres tacaño hasta poniendo nombres. Rácano que tiras de culo. Eres loco, oportunista y carroñero, igualito que un grillo, so prenda. Y así te va; llegará un tiempo en que no puedas salir de casa más que de noche.

Un día, antes de que Gádor y él se separaran, Víctor me enseñó la foto de un tío-abuelo suyo del que todo el mundo decía que él era su vivo retrato. «¡Nah...! No, no, no... No te pareces en nada a él. Ese tío, y perdona que te lo diga, tu tío tiene cara de crápula y de macarra», le dije yo mientras examinaba la amarillenta instantánea. «Pues tu abuela acaba de decirme que es mi vivo retrato», me contestó él. Creo que la abuela sencillamente los ficha al primer vistazo, no se le escapa uno ni vivo ni muerto; y eso no sólo lo hace con los hombres, no sólo los cala a ellos enseguida, lo mismo hace con el resto de los seres vivos que se cruzan a su paso. La abuela puede decirnos «esa perrita de un mes se nota que cuando crezca no dejará de parir; no nos conviene quedárnosla, que luego no sabremos qué hacer con los cachorros», y después se la lleva un vecino, y comprobamos que es cierto, que la chucha se multiplica con más rentabilidad y sencillez que la unidad seguida de ceros; o bien nos dice «el zapatero matará un día de estos a su mujer, se le ve al pobrecico que está mal de la olla; y si ella no pone un poco de su parte para calmarlo; largándose, por ejemplo... », y al cabo de unos meses, o de unos años, leemos la noticia en el periódico en la sección de sucesos. La abuela es una extraordinaria psicóloga, donde nosotras vemos migas, ella ve al panadero.

Mi madre ha salido a hacer la compra con la abuela, que tenía que sellar nuestro boleto de la loto, yo pongo la pasta y ella los números; vamos a medias con el cero de ganancias semanales; la tía Mary está arriba, en su piso, restaurándose la cara para lucirla ante nosotras a la hora del almuerzo. Carmina no viene a comer a mediodía porque no le da tiempo a ir y venir desde el trabajo; Brandy tiene hoy sesión laboral continua, y Bely un examen. Espero que Víctor se largue pronto y ni siquiera Gádor tenga oportunidad de verlo. A pesar de estar separados, ella todavía se excita con sólo oír el nombre de su marido, se pone hecha una furia lactante. Si tengo que creer a Erixias, Prodico afirmaba que las cosas son buenas o malas según el destino que les dan sus usuarios, y apuesto a que si Gádor consiguiera hacerse con las malvadas y agrias pelotas de Víctor sacaría de ellas un dulce moscatel.

No, no quiero que lo vea.

—Vete... —le conmino rebosante de sensatez.

—¿Quién está ahí? —dice una vocecita a mis espaldas.

—Nadie, ya se va. Un vendedor... —Miro a Víctor y despliego un muestrario completo de muecas apropiadas para situaciones límite, esas en las que el caos acecha como la roja y espesa sangre en una guerra civil.

Pero Víctor está más parado que un cagarro de palomo y, al

escuchar la voz de Gádor, asoma el gaznate de forma temeraria por encima de mi hombro.

—Gádor..., quiero hablar contigo, ¡déjame ver al chiquillo! —exclama; su petición debe de sonar estúpida incluso a sus propios y necios oídos.

—¡Y una mieeerda! —Los pasos de mi hermana se apresuran pasillo adelante y, antes de que pueda evitarlo, tengo a los dos ex cónyuges sólo separados por mi cuerpo—. ¡Vete con la guaaarra ésa con la que te lo montas, ésa con la que tienes Rubeeenes! Y dile que se lave un poco, porque vaya... Dile que se lave un poco y que se seque después con las tetas.

—¡Gádor, escucha, nena...!

—¡Y pensar que te acostabas conmigo después de acostarte con semejante carantamaula! ¡Y pensar que has tenido hijos conmigo después de tener hijos con ella!

—Pero, Gádor, no..., no..., es hijo mío.

—¡Ja! Si es que incluso le has dado tu apellido a la criatura... ¡Qué generoso, joder! ¡Cuando te pones a regalar...! Conmigo nunca has sido tan espléndido, mamón.

—El niño no es mío, nena, escucha...

—¡¿Que no es tuyo?! ¿Que no es tuyo, desgraciao...?

Mi hermana está fuera de sí, veo sus ojos desencajados por el rabillo de los míos; desde detrás de mi espalda trata de agarrar a Víctor y desollarlo. Hago lo que puedo por impedirlo, me da no sé qué dejarla suelta. Achilipú se pone a ladrar lastimeramente, y por su tono se nota que no comprende nada; es difícil comprender estas cosas incluso para una perra.

—No, no es mío...

—¡Pero si te la tirabas...!

—Sí, pero..., escucha, nena... Siempre le hacía el amor por detrás... —Es un hortera relamido, ahora le llama «hacer el amor» a «dar por culo», y lo hace en el peor momento que podría ocurrírsele—. Por eso lo sé. Por eso sé que no es mío.

—¿Por detrás? ¿Qué quieres decir con eso de «por detrás»?

—Por la puerta trasera. Que le hacía el amor por la puerta trasera.

Gádor me mira con expresión bobalicona; ha dejado de moverse y parece haber abandonado por el momento la idea de trincharlo como a un pavo relleno.

—Que le daba por el culo —aclaro yo.

—¿Qué has dicho? —lo mira de nuevo; parece más calmada aunque, conociéndola como la conozco, diría que es tan sólo apariencia.

—Que le hacía el amor por detrás. Por eso el niño no puede ser mío... —Responde él, mesándose los rizos amarillentos con aire arrepentido.

—Pero... A mí nunca me diste por detrás... —dice Gádor con un hilo de voz.

—No, no, no.

—Pero a ella le hacías el amor por... detrás, ¿no?

—Sss...í.

Mi hermana vuelve a agitarse, su pecho comienza a dar sacudidas rítmicas y casi puedo oír el torrente atropellado de su sangre despeñándose por sus venas.

—Entonces..., a mí nunca me hiciste el amor porque nunca me diste... por detrás —va elevando el tono de voz conforme va sacando conclusiones—. ¡¿Me estás diciendo que yo nunca he conocido el amor?! ¿Entonces..., es que a mí nunca me has hecho el amor? ¡Pero..., pero..., pero ¿qué me hacías, entonces?!

—No, si lo que quiero decir es...

—Tú puede que quieras decir mucho, pero yo no estoy dispuesta a escucharte. ¡Candela! ¡Cierra la puerta!

Obedezco, y esta vez Víctor no se atreve a interceptarla con la mano que todavía le queda sana. Gádor se va corriendo hacia la cocina, yo la sigo pensando en qué puedo decir para calmarla un poco, y que quizá tenga que volver a sacar la Enciclopedia Sexual del doctor López Ibor de la biblioteca, después de tanto tiempo.

21

He pasado un rato mirando algunas fotografías de mi padre. Todo lo que nos queda de él son un puñado de instantáneas y su recuerdo borroso. Era el hombre más guapo que todas nosotras hayamos visto jamás. Tozudo, indomable, salvaje, pendenciero, con una inveterada tendencia a la dipsomanía y unos sentimentales ojos verdes que nos acariciaban de sopetón consiguiendo que le perdonáramos, por arte de birlibirloque, sus ausencias y su incapacidad para la vida familiar sometida a la sensatez de la regularidad y a la obligación de la paciencia. Era un impotente en todo lo que tiene que ver con asimilar la monotonía y el plácido aburrimiento conyugal. Mamá guarda hacia él todo un almacén de enojos y de legítima indignación oculto bajo su pecho. Nosotras apenas si mencionamos su nombre. Bely ni siquiera lo conoció; cuando tenía seis años le preguntó a mamá si su padre era el mismo que el de todas nosotras, porque ella no recordaba que hubiera tenido padre alguna vez y estaba convencida de que la había dejado en casa el Ratoncito Pérez que, como es tan difícil de ver, por eso nunca iba al colegio a recojerla como hacían los padres de los demás niños; estaba segura de que la cosa era así hasta que una amiguita le contó que el Ratoncito Pérez sólo se ocupaba de llevarse los dientes de los niños, pero no de hacer a los niños porque para eso se necesitaba un papá. Mi madre, por respuesta, se puso a llorar con determinación, y así se pasó todo un día con su correspondiente noche.

Nosotras hemos sido huérfanas de padre hasta hoy mismo. Todas éramos pequeñas y crédulas cuando él desapareció para siempre de nuestras vidas, de nuestra casa. Una vez alguien le preguntó a mamá, delante de mí, por su marido. Ella contestó que él nos había dejado hacía años, y bajó la mirada al suelo como hacen las viudas, compungida. La otra persona le dijo que lo sentía, que no lo sabía y que la acompañaba en su sentimiento. «No, ¿por qué hay que sentirlo?», respondió la abuela en nombre de mi madre, «él descansa en paz y nosotras también.»

Esta tarde, cuando volví del trabajo, tenía náuseas y pensaba con horror en que la semana que viene, no sólo tengo un montón de exámenes, sino que además la pasaremos mis hermanas y yo cumpliendo años una tras otra. Todas nacimos en junio. Carmina el día quince, Gádor el dieciséis, yo el diecisiete, Brandy el dieciocho, y Bely el diecinueve. De algún modo astral, surrealista o puramente hormonal, supongo que octubre era una época terrible para papá.

Cuando me he encontrado a la abuela haciendo punto en el salón, con Achilipú a sus pies entrecerrando sus tristes ojos melancólicos, las he saludado con un beso a ella y con un frotamiento amistoso en el lomo a la perra; aunque habría podido confundir a las destinatarias de mis saludos y ninguna de las dos se habría inmutado.

«La mujer del kiosco tiene mala cara», me ha dicho la abuelita, sin dejar de concentrarse en su labor.

«Creo que tiene cáncer, la pobre», le he respondido con desánimo, mientras en mi mente se mezclaba el ácido desoxirribonucleico con las cinco tartas de yema tostada que ingeriremos temerariamente los próximos días.

«Ah, sí. Cáncer, claro. Yo vi algunos de esos ayer en las rebajas.

Pero me parecieron echados a perder. También me quisieron vender una sardina muy antigua, pero no piqué», ha seguido hablando ella mientras yo la observaba con atenta preocupación. Temía que hoy precisamente no era uno de esos días en los que se ve afectada por un ataque de realidad.

He suspirado y le he preguntado dónde estaba Gádor.

«Paseando a los niños, para despejarse un poco», me ha contestado. «El problema de tu hermana es el mismo que el de tu madre: que no han sabido elegir a un hombre decente como marido. Yo le dije a tu madre cuando se casó que a mí tu padre no me gustaba ni un pelo. Tu abuelo y yo queríamos que Ela se casara con uno mucho más formal. Uno que después acabó estudiando para Papa, que menudo puesto fijo... Pero no pudo ser, y ya sabes lo demás, tu madre se casó con tu padre y nacisteis todas vosotras, menos Bely, que vino en el peor momento, justo cuando tu padre se lió con la tía Mary y tuvo que salir por piernas de aquí porque si no el abuelito lo hubiera hecho picadillo...».

«¿Qué estás diciendo, abuelita?», le he hablado con suavidad, interrogándola con la mirada y haciéndome a mí misma un montón de atolondradas preguntas sin sentido.

Ella se ha callado de repente, y ha continuado enfrascada en su apacible menester, meneando la cabeza a un lado y a otro como negando ni se sabe qué.

«¿Qué has dicho, abuelita?» Ella me ha mirado un segundo desde detrás de sus gruesas gafas para las cataratas, pero en sus ojos sólo había niebla, una suave niebla cortical.

Me he encerrado en mi habitación y he mirado algunas fotos de papá. Trato de recordar, pero sin conseguirlo del todo. No recuerdo el entierro de papá. Nunca hemos sabido dónde estaba su tumba salvo por algunas vagas e inconcretas explicaciones de mamá de las que se podía deducir que en algún pueblo no determinado de Almería, frente al mar de Alborán; en un pueblecito como aquel del que la madre de papá salió cuando era casi un niña —de la misma manera en que lo hizo mi abuela materna— en busca de la aparente prosperidad que una zona como ésta, industriosa y rica, prometía a la gente que, como ella, no tenía nada ni siquiera para poder perderlo en el intento.

De repente, la imagen idealizada que tengo de mi padre comienza a desgastarse en todo su antiguo, nítido y brillante contorno. De pronto su recuerdo resucita en mi memoria y la llena de malas corazonadas. Empieza a parecer un recuerdo deslustrado y obscurecido por el rencor que brota como una fuente de agua emponzoñada.

Ahora mi padre se parece mucho más de lo que a mí me gustaría al padre de Blancanieves que..., ¿dónde estaba?, ¿dónde estaba todo el tiempo? Cuando ocurrían tantas cosas...

Creo que debería hablar con la tía Mary.

22

e estaba dando un baño, ¿qué quieres? —La tía Mary en albornoz, con cara de pocos amigos, o de no haber tenido amigos jamás, me recibe con un gruñido y abre la puerta dándose inmediatamente la vuelta, sin darme la oportunidad de saludarla, para dejarme de inmediato a solas con la vista de su culo respingón perdiéndose en la penumbra con movimientos nerviosos y desarmónicos. En este momento ella representa todo lo que yo no deseo ser, ni siquiera después de mi muerte.

En los anuncios de la tele sale una joven, a quien le queda poco tiempo para seguir denominándose así, que limpia su casa con un aparentemente maravilloso espray antipolvo. Ella tiene el mismo aspecto que su sala de estar: limpia, ordenada, luminosa y confortable. Siempre he tenido la sensación de que las casas se parecen un poco a la gente que las habita, lo mismo que los perros se asemejan a sus amos. Esa idea funciona incluso en publicidad.

Brandy tiene su habitación empapelada con papel de regalo porque es lo más barato y vistoso que pudo encontrar; y Bely sencillamente se adapta a sus gustos. Mi dormitorio está abarrotado de pósters que me delatan como una mitómana quizá falta de un mínimo de autoestima para poder tirar por la vida. Incluso Bely me regaló no hace mucho un libro titulado *Manual de la mujer sin escrúpulos*, y me aconsejó que no estaría de más que lo leyera y tomase algunas notas. Los aposentos de Carmina son neutros y sobrios, las paredes están pintadas de azul y el único adorno son unas colchas amarillas sobre las dos camitas, y algunas novelas de Johanna Lindsey amontonadas en una estantería restaurada. Gádor vivía en un piso donde faltaba de todo, excepto las paredes y el agua corriente. Mi madre ha decorado nuestra casa con un gusto infame al que le sobra metacrilato y cerámica, pero de alguna manera ha conseguido que sea acogedora.

Y ahora, mientras penetro en el santuario de la vieja tía rica, me doy cuenta más que nunca de que hay algo de cierto en ese presentimiento sobre los parecidos de las personas con su hogar o sus pequeños espacios vitales. La casa de la tía Mariana es como ella: recargada, fría, oscura, soterrada, atrabiliaria y llena de espejos que la reflejan una y otra vez a sí misma sobre sí misma.

—Quería hablar un ratito contigo —le digo levantando la voz para que me oiga desde el baño.

—¿Y no podías esperar hasta la hora de cenar? ¡No, claro! Vosotras no sabéis lo que es tener paciencia; no la habéis necesitado nunca... —rezonga desde el baño, que está en suite con su dormitorio, como a ella le gusta recalcar.

Espero a que acabe, sin molestarme en contestarle. Pienso que quizás hay que comprenderla, o hacer al menos el esfuerzo de intentarlo; después de todo la ilusión de su vida era salir en los sellos y se ha encontrado con que lo único que ha obtenido, como recompensa a su belleza, es el privilegio de estar encerrada en una vivienda de dos pisos y bajo alquilado de papelería-kiosco de prensa, compartiendo mesa y mantel con otras siete mujeres más, una perra, una niña y un bebé, que no la tienen demasiado idealizada, digamos.

Sí, debemos ser comprensivas con ella, todos sus caminos han acabado por conducirla hasta aquí; y es muy duro aceptar que una ha andado mucho hasta darse cuenta de que, ciertamente, no se había movido nunca del mismo sitio.

—¿Estás saliendo con un gitano? —me pregunta nada más aparecer ante mis ojos. Se ha puesto la ropa interior y una bata de raso negra. Siente una solemne debilidad por la lencería y las sábanas de raso negro, sólo comparable a la de Yootha Joyce en aquella serie de televisión que veíamos de niñas. Recién salida de la ducha y sin maquillar, incluso parece una doble algo mejorada de la señora Ropper.

—¿Quién te ha dicho eso?

—Tu jefe, el señor Oriol me comentó algo... Recuerda que me tiene en mucha estima. Te dio el trabajo gracias a mí; y podrías haberte casado con su hermano Edgar que es abogado, joven, guapo y..., cuando herede lo que le corresponde de su madre, será francamente rico. Podrías haberte casado con él ya que no quisiste ser una mujer de carrera. —Se sienta en un sillón chipendale y me escruta con sus arrumbados ojos, húmedos de arrogancia—. ¿Se puede saber qué haces con un gitano?

—Lo mismo que con un payo, pero con más color —respondo tratando de no dejar que su altanería logre intimidarme.

—Eres una ordinaria.

—Pues anda que tú...

No logra asimilar el desplante que acabo de hacerle y por un segundo puedo palpar el desconcierto apelmazándose en su garganta como un áspero bocado de inmundicias. Sus pupilas me traspasan y yo tiemblo imperceptiblemente rogando en mi fuero interno para que no pueda llegar con sus ojos a mis adentros y escarbar en ellos hasta deshacerlos por completo. En esta época, en estos años en los que el capital fluctúa, sube, baja, cambia de manos y se pierde, yo he empezado a creer que mi única y verdadera propiedad privada son mis pensamientos. Y procuro mantener a la bruja lo más lejos posible de ellos.

—Hay que ser una ordinaria para acostarse con el marido de tu sobrina y luego seguir aquí como si no hubiese pasado nada, dando órdenes y escupiendo lentamente tu veneno un día tras otro, ¿no te parece a ti...? —le digo antes de que ella pueda reaccionar—. Es posible que tener un amigo gitano sea para ti una ordinariez; pero a mí lo tuyo me parece que bate todos los récords del mal gusto.

Tiene muy buena vista cuando no está agarrada a la botella de Fundador, pero no parece posible que llegue a leer en mis entrañas como un oráculo, porque ahora me mira aturdida.

—¿Qué... qué estás diciendo? ¿Quién te ha dicho eso... Quién...? —Se levanta en cuanto consigue reaccionar y se acerca hasta ponerse frente a mí, con una mueca ruin y asqueada en su rostro; me da una bofetada que me produce un inmediato escozor, que tuerce mi sonrisa y luego la borra.

Hago un esfuerzo por no emitir ni una sola queja, y me quedo mirando la alfombra turca de tonos azules, llena de flores y pequeños pajaritos con las alas desplegadas en una estúpida imitación de vuelo libre sobre la lana trenzada.

—Dime que es mentira, entonces —murmuro.

Ella coge una copa de cristal de Bohemia de una mesita auxiliar, se sirve de una botella tallada, cuyo brillo me hace recordar el del gordo y pesado bastón del difunto Joaquinico el Serio, y después se deja caer de nuevo en su asiento, con una mirada vidriosa y agotada. Parece que le pesan mucho los párpados cuando da un trago corto, y contrae los labios igual que si acabara de probar una medicina con sabor y olor a corrompido.

—No, no es mentira... —reconoce en voz muy baja— . Tu padre es el único hombre que me ha hecho feliz en toda mi vida. Y te digo esto a sabiendas de que no soy una mujer que necesite a un hombre con ella. No necesito a los hombres para nada, si quieres saberlo.

Me percato del detalle. Mary no dice «el único hombre al que he querido en mi vida», sino «el único que me ha hecho feliz». Al menos es una mujer coherente de los pies a la cabeza, no dejo de reconocérselo aunque me pese.

Le reprocho que ella era mucho mayor que él, pero la tía Mary me contesta con una risa exánime a la manera de mis clientes interfectos del Largo Adiós, seguida de algo que está a medio camino entre la invectiva y la lección moral y que podríamos resumir diciendo que —tal y como yo podré comprobar oportunamente llegado el momento—, una vez que las personas alcanzan cierta edad, la edad deja de tener importancia para las personas, al menos en la alcoba.

—Y tu padre ya era mayorcito... —Acaricia lentamente el vaso con los dedos, y siento tanta vergüenza y turbación que miro para otro lado—. Tu padre era un..., en fin, le gustaban mucho las mujeres porque a las mujeres les gustaba mucho él. Un hombre así no está hecho para padre de familia. Ni para marido. Un hombre así está hecho para trotar de cama en cama y morirse en una de ellas cualquier día. Yo siempre había odiado a los hombres hasta que él se metió en mi vida, o yo en la suya, ¿qué más da eso ahora? —Mira por encima de mí un cuadro antiguo que cuelga en la pared, sobre el sofá; supongo que no le gusta mirarme a los ojos ahora que yo vuelvo a sostenerle la mirada y ella acaba de reconocer que es también humana—. Yo odié desde el primer día de casada a mi marido; era débil y repugnante y, aunque jamás le fui infiel, creía que todos los machos humanos se le parecían. No tengo recuerdos de mi padre, ya sabes que cuando murió yo tenía dos añitos tan sólo... En fin, los detestaba a todos. Creía que, bueno, que Dios les había dado cuernos a los venados y huevos a las gallinas y no había dejado nada para los hombres. Para mí eran seres desagradables, sucios, incompletos. Pero luego llegó tu padre a meterse aquí... —señala con un brazo un espacio imaginario que puede querer representar a su casa o a su cuerpo— y yo cambié de opinión, claro. Tu padre era un hombre salvaje; nadie puede domesticar a un hombre así, por eso tu madre andaba siempre por la calle de la amargura detrás de él. No era un hombre culto, ¡no tenía ninguna cultura!, ¿qué educación puede tener un tornero fresador que trabaja, cuando se digna a hacerlo, de sol a sol en una fábrica y que tiene las manos como forradas de papel de lija? Y sin embargo tenía el..., tenía el encanto ese de los espacios abiertos, del monte y del mar. No sé, era... No sé cómo decírtelo, pero lo que importa es que si no hubiese sido por mí, habría sido por otra. Nadie puede domar a un hombre salvaje. Cualquier día se habría ido y no habría vuelto jamás; la razón es lo de menos. Tu padre no necesitaba razones, y además no creo que las mujeres fueran para él ninguna razón, ni ninguna excusa, para qué te voy a mentir.

—Pero..., pero yo creía, nosotras creíamos que había muerto. Nos dijisteis que había muerto, pero que a las niñas no se las lleva a los entierros, y que por eso ninguna iría. Nosotras, a veces, incluso..., a veces hemos pensado en ir a visitar su tumba. —Me siento atolondrada e inquieta, con un enorme desasosiego recorriendo todas y cada una de mis células, como si alguien acabara de darme el timo del siglo—. ¿Está muerto, entonces?, ¿murió de verdad, aunque no muriera aquí? —le pregunto, y no puedo evitar lagrimear un poco; me temo que acabaré poniéndome sentimental, aunque las emociones principales que aloja mi corazón en estos momentos sean la simple rabia y el afán de venganza ante la mentira y el precedente abandono.

—Yo le pagué el billete de avión a Brasil, hace ahora casi dieciocho años. También le di una cantidad de dinero para que saliera a flote mientras buscaba algo con que ganarse la vida. Nunca dudé de que sabría ganársela. Era rápido aprendiendo, aunque por lo general no tenía ningún interés por aprender nada.

—¿Sabes si está muerto? —insisto mientras me acaricio la mejilla acalorada.

—No tengo ni idea. Cuando pasó el tiempo que la ley establece, lo dieron por muerto y tu madre comenzó a cobrar la pensión de viudedad. Yo la he ayudado también como he podido. No volvimos a hablar de aquello; a tu abuelo, mi cuñado, le costó tal disgusto que creo que eso lo llevó a la tumba. Aunque cuando lo enterramos al menos él y tu abuela respiraban tranquilos después de perderlo de vista. Tu padre era un golfo. Y no hacía más que perder un trabajo tras otro, cuando entonces si algo sobraba era trabajo y él hubiese podido prosperar. Lo hubiera podido hacer de haber servido para eso, para prosperar, para tener paciencia, para... Los dos se quitaron un peso de encima. Y tu madre se consoló con el tiempo. Ni siquiera me guarda rencor; ella lo conocía mejor que nadie.

—Entonces..., ¿puede que todavía esté vivo, no?

—No lo sé. Pero Brasil es un país muy grande, y puede que ni siquiera se quedase allí; Brasil tiene fronteras con casi todos los demás países de América del Sur; seguro que pronto se cansó y echó a volar otra vez. Era una bala perdida, y acababa atravesando todo lo que se le ponía por medio. Necesitaba libertad. ¡Menudo imbécil! Él ni siquiera se lo planteaba en esos términos, sólo sentía un picor en la boca del estómago que lo obligaba a echar a correr. Los años que vivió con tu madre entraba y salía por temporadas. Aparecía de pronto por la puerta, con barba y ojos de crucificado, igualito que san Juan Crisóstomo, le hacía una niña a tu madre y volvía a salir por piernas. Solía regresar en otoño. Nunca le daba explicaciones a tu madre. Y tu madre se limitaba a llorar y a quererlo; a sufrir. Ha vivido mejor desde que él no está, créeme.

—Ya lo veo.

—Y yo creo, yo creo que..., no es necesario que... ¿Saben esto tus hermanas?

—No, no se lo he dicho a nadie —me encojo de hombros.

—Pues no es necesario que lo sepan, ¿me entiendes?

—Sí, es posible que no sea necesario.

Es posible que ni siquiera se lo pudiesen creer a no ser que este drama, nuestro pequeño y miserable drama, saliera escenificado por la tele en alguno de esos espacios dedicados al efecto, dedicados al espectáculo de lo real, a los pequeños y mezquinos dramas de la gente corriente.

23

Según Aristóteles, decía Parón que es en el tiempo donde todo comienza y deja de existir, que el tiempo trae todo conocimiento, pero asimismo la ignorancia más supina, porque también en él todo acaba siendo olvidado. He tratado de oponer resistencia al tiempo y al olvido, mi débil y ansiosa resistencia inútil, pero la muerte, que por alguna disparatada sinrazón me ha elegido para servirle de testigo, me demuestra día a día que dejar de existir, que morir es la única forma en que cristaliza en el tiempo el olvido. No puedo obviarlos a ninguno de los dos, ni al olvido ni al tiempo, porque yo soy su soporte material. ¿Existiría el tiempo si yo no me preguntase por él, si yo no le sirviera de fundamento? ¿Y el olvido, si yo no recordara que existe?

Sé muy pocas cosas: que yo también estoy hecha de olvido y de tiempo, que sucedo; que apenas si me consta algo más aparte de mis propias limitaciones; que en última instancia no sabría asegurar con certeza qué existe y qué no existe en realidad, ni si lo que sólo vive en la memoria vive también de algún modo y puede servirnos para cobijarnos de la desazón de vivir realmente nosotros. Ni si «realmente» significa «sometidos al tiempo y al olvido».

No quiero pensar en todo esto; nunca me ha gustado pensar

sobre estas cosas, aunque todo a mi alrededor me incita a que lo haga. Pero supongo que no dejo de hacerlo porque, como diría Gorgias, soy igual que aquellos pretendientes de Penélope, que la deseaban a ella, pero se acostaban con sus doncellas.

He pasado la mayor parte de mi vida anhelando ser sobria y desconfiada, queriendo ser lo bastante lúcida como para saber cuánta distancia tengo que interponer entre mí misma y los hechos, las personas... Creo que no he logrado nada; o a lo mejor no hice los esfuerzos mínimos necesarios para conseguir mis propósitos.

El caso es que ahora mismo tengo delante de mí a una joven, casi una niña, más o menos de la edad de Bely; está tumbada sobre la mesa del taller, tiene hundido el tórax y la mandíbula partida formándo ángulos de una geometría surreal, pero ya ha dejado de manar la sangre; no creo que le quede ni una sola gota dentro de sus venas. Los médicos la han operado, cosido y vendado inútilmente; luego le han hecho la autopsia, y por último la han traído aquí. Mi jefe se ha encargado del padre que no era muy mayor. Han muerto en un accidente de tráfico. Yo he llorado cuando los han traído como si se tratase de mi padre y de mí misma y llorara porque todo se ha terminado de una vez por todas, porque ya nada nos podrá hacer daño. Saber que nada es capaz de hacernos daño, ser consciente de que ya no tienes ser ni quien lo descuaje, resulta de un dolor insoportable, es el peor de todos los dolores conocidos.

Adiós, le he dicho a la muchacha.

—Don Juan Manuel...

—Dime, Candela.

—Ya está; he acabado con ella. Tiene la cara destrozada, no puedo hacer nada más. —Me encojo de hombros con impotencia y el señor Oriol me sonríe amablemente.

—Los velarán esta noche en la capilla, pero yo me quedaré, no te preocupes. Tómate la semana que viene libre, hasta que acabes con tus exámenes. El chico de Matías me ayudará mientras tanto, ya he hablado con ellos.

—Bueno... Don Juan Manuel, no sé... Lo que quería decirle es que... —me froto las manos con nerviosismo, noto mis dedos agarrotados y mis nalgas flojas, como si hubiesen comenzado a desengancharse del resto de mi cuerpo. Creo que necesito hacer ejercicio y respirar aire libre. Lejos de aquí. No sé cómo decirlo.

—¿Qué quieres, Candela? —Mi jefe se dispone a quitarse los guantes y a lavarse las manos. Se ha traído una película, *La viudita ye-yé*, para pasar la velada en la oficina, mientras los fami-liares de la niña y su padre los velan en la pequeña capilla de nuestro tanatorio. Seguro que está impaciente por terminarla cuanto antes, para disfrutar después de *Zonas Húmedas*, que él ha tratado de hacerme creer que es un documental sobre humedales de los Parques Naturales de la Península Ibérica, pero que a mí me consta que se trata de un porno ligth de esos a los que es tan devoto como mi madre a la Virgen de la Regla. Supongo que es la manera del señor Oriol de hacer lo que puede por olvidar que vivimos entre muerte, y que la detestamos tanto como ella a nosotros.

—Le agredezco lo del permiso, pero...

—Habla ya, Candela. Pareces una muerta recalentada también tú... —Enseña algunos de sus dientes, restaurados y blanqueados con un milagroso producto yanqui, resaltando entre los que están forrados de oro. Lo echaré de menos; creo que siento un gran afecto por él, aunque no me había dado cuenta hasta ahora mismo. Es pelmazo, cortés, progresista, curioso, razonablemente pervertido, tolerante y acogedor; se lo merece, se merece que lo echen de menos. Yo siempre andaba quejándome por lo bajo de mi jefe, aunque el hombre se limita a sacar adelante, por una pura cuestión sentimental, un negocio que heredó de su padre, y eso a pesar de que él se licenció en Psicología y podía haberlo vendido para dedicarse a otra cosa. No me explico cómo es capaz de soportar el trabajo en este sitio, donde no ha podido poner en práctica nada de lo que aprendió en la Universidad, pues sé a ciencia cierta que, si de algo carecen los muertos, es desde luego de trastornos mentales—. ¡Ah!, se me olvidaba: Edgar ha perdido el juicio...

—Ah. Bueno, se veía venir...—respondo, un tanto confusa; aunque es posible que un loco más o menos no eche a perder lo poco que queda de reciclable todavía en el mundo moderno.

—El fiscal lo ha machacado.

Dios mío, siempre me olvido de que Edgar es abogado.

—Ah. Oh, ah —digo por lo bajo.

—Tiene que preparar la apelación, y estará muy ocupado durante unos días, así que no podrá visitarnos de momento. Me ha llamado y me ha dicho que os comunique que los papeles del divorcio de Gádor van viento en popa a toda vela, ya sabes, le lleva los trámites un bufete de aquí, al que están asociados. También me ha dicho que ha tratado de hablar con Brandy para fijar una cita, pero hay algún problema con el teléfono de la clínica de tu hermana, en tu casa nunca la encuentra, y no ha podido ponerse finalmente en contacto con ella.

—¿Con Brandy? —pregunto, incrédula; quizá no he oído bien. Quizá me confundo de persona, de ciudad, de país y de siglo—. ¿Con Brandy? ¿Edgar quiere hablar con Brandy?

—La misma que viste y calza. ¡Y cómo viste y cómo calza!, ¿eh?

Recuerdo que Brandy siempre decía que Edgar era un niño de papá sin papá que jamás llegaría a nada; lo que en su lenguaje cifrado significaba que no conseguiría poseer una cuenta corriente que no fuese algo más que eso, corriente; y que en caso de heredar su parte de la fortuna de la madre —lo que ocurrirá dentro de unos cinco años, según tengo entendido—, se la gastaría en dos semanas desparramándola alegremente por los billares. Cuando mi hermana hablaba así tenía quince años, y Edgar unos veinte; vivían frente a nosotros en una casa que parece un palacete y que todavía sigue en pie —aunque mi jefe no vive allí desde hace mucho tiempo—, resistiendo al incentivo de la especulación inmobiliaria y a la debilidad arquitectónica del derrumbe. Edgar por su parte afirmaba que jamás tendría nada que ver con una chica de la especie de Brandy, porque se notaba a la legua que era de esas que, cuando se casaban y tenían que hacer algún regalo a su marido, siempre optaban por una buena infección genital que, como sorpresa, tenía efectos demoledores y además salía de lo más económica.

Sin embargo a mí me adoraba. Eso fue poco antes de que se marchara a Madrid a acabar la carrera, de que empezara a trabajar en un prestigioso bufete al estilo norteamericano, y de que desapareciera de nuestras vidas casi por completo.

—Sí, con Brandy. Parece que se gustan esos dos... No debe sorprenderte, Candela. Tú lo rechazaste muchas veces, y él es ahora un joven acomodado e interesante, y tu hermana...

Una joven interesada, pienso; aunque no digo nada.

—Sí, parece que se han visto unas cuantas veces con la excusa de lo de Gádor. Edgar ha venido por aquí y... ella es muy guapa, reconócelo, Candela. Sí, Brandy es muy guapa —cabecea aprobadoramente.

Yo sólo espero que Edgar sea habilidoso con los palillos de dientes.

—Sí, no está mal. Le diré que llame a Edgar en cuanto la vea.

—Gracias. Díselo de mi parte.

Miro el cadáver del padre de la muchacha, mi jefe y yo nos quedamos absortos, los ojos fijos sobre su cuerpo, sobre su perfecta quietud.

—No somos nadie —digo suspirando.

—Serás tú, Candela, porque yo soy un Don nadie, ¡ja, ja, ja!

Le río la gracia por última vez y vuelvo a suspirar, ahora con más confianza.

—Don Juan Manuel, he decidido dejar el trabajo.

—Pero... Candela —me mira un tanto confundido—, ¿quieres decir dejarlo para siempre? —Asiento con la cabeza mientras contemplo con un interés inaudito la punta de mis zapatos—. Estoy, en fin..., no sé qué decir, ¿tienes alguna queja de mí, te trato mal, te he incomodado o...? No sé, si hay algo que yo pueda hacer para que lo reconsideres. Me sorprendes, Candela, tengo que confesártelo.

—No, no se trata de usted —le cojo las manos con ternura y se las aprieto sin poder contenerme; nunca había hecho algo así, ni siquiera sé por qué lo estoy haciendo—. Usted es una persona estupenda, y un jefe de los que ya no creo que queden en el reino de los contratos-basura, ni en el de los contratos blindados —sonrío y noto como mis labios agradecen la sonrisa también ellos—. Pero estoy cansada de la muerte. No puedo más, ya no puedo más.

—Entiendo. Entonces, ¿qué harás?

—Por el momento acabaré los exámenes. Después quiero tomarme unas pequeñas vacaciones con lo que he ahorrado trabajando con usted.

—¿Y adónde irás?

—Quizás a Brasil; aunque no lo he decidido todavía.

—Brasil es un país joven, inmenso. Todavía quedan muchas zonas completamente salvajes por allí.

—Eso me han dicho.

24

Hemos decidido aplazar la celebración de los cumpleaños hasta la noche; decidimos dejarlo para después de que yo terminara todos los exámenes. He hecho el último esta mañana; me siento como si acabara de cargar yo solita cuatro camiones de pescado en el puerto. Quizá no apruebe ninguno de ellos, aunque al menos lo he intentado, y he logrado sobrevivir al esfuerzo.

Ahora podremos celebrar los cumpleaños todas juntas, de una sola vez, y ahorraremos tartas, indigestiones y recelos con respecto a los regalos. Soplaremos las velitas en casa, y después de acostar a los niños iremos a un bareto de la playa que Coli me ha recomendado fervientemente; por lo visto conoce al gerente. La tía Mary no ha recibido con mucho entusiasmo la idea de que la fiesta de verdad se haga en la playa, porque eso significa que no querremos cargar con ella, y se verá obligada a perdérsela —junto con unas cuantas copas extra saboreadas lentamente al arrullo de las olas—. Se ha quejado ante mí, tomándome sin equivocarse mucho por la promotora de la idea, y yo me he limitado a encogerme de hombros y a decirle, satisfecha y reconfortada porque las cosas no sean de otra manera, que «ah, lo siento».

No puedo evitar sentir una inmejorable sensación de placer

ante la idea de abandonarla a una sesión continua de tele en compañía de mi madre, velando el sueño de los niños de Gádor, mientras nosotras nos descoyuntamos bailando descalzas sobre la arena. Cuando ella sufre, yo disfruto a rienda suelta; supongo que lo que a ella le jode a mi me hace el amor.

—Hola, abuelita —saco mis llaves de la cerradura y veo a mi abuela dirigirse al salón mientras cierro la puerta—. Ya estoy aquí.

—Sí. Por qué no —responde ella; después murmura algo por lo bajo, como si estuviera rezando.

La sigo hasta el salón; camina demasiado encorvada y con la cabeza gacha, como durante la primavera del año pasado, cuando le dio por ir buscando todas esas monedas que según ella la gente no paraba de abandonar, tirándolas al suelo.

—Abuelita... —La agarro por los hombros, encogidos y de tacto tan blando y frágil como el tallo mustio de un clavel seco—. Que estoy aquí, abuelita.

—Ya lo sé. No hace falta que te presentes dos veces. No estoy sorda, Carmina; ni ciega todavía.

—No soy Carmina. Soy Candela —le levanto la cara con las dos manos y la obligo a mirarme con un movimiento leve y cuidadoso.

—Ya decía yo que hoy parecías una mujer, con el pelo largo y todo.

—¿Quieres que nos tomemos un café con leche fresquito? —le sugiero con una mirada de soslayo en dirección a la cocina, su rincón favorito de la casa—. Son las once y media y estoy hecha polvo, me gustaría tomar algo si tú me acompañas. He estado tres horas encerrada en un aula de la facultad haciendo un examen.

—¿Cuánto tiempo dices? —me pregunta con un gesto de interés modelando sus arrugadas facciones.

—Tres horas seguidas haciendo cálculos sin parar, y forzando la vista y la memoria. Tres horas una detrás de las otras dos.

—Tres horas... —parece estar calibrando lo que eso significa para alguien que sostiene un lápiz en la mano durante todo ese tiempo y mira unos papeles en blanco sobre su mesa. Arruga el ceño, mosqueada—. Pero..., tres horas ¿de reloj?

—Como lo oyes. —La cojo del brazo y la encamino con suavidad hacia la cocina. Pongo café dentro de la cafetera de aluminio, la cierro y enciendo el fuego al cuarto intento con un viejo encendedor eléctrico. Mientras espero que el café comience a hervir, saco unos cubitos de hielo del congelador y los distribuyo sobre dos vasos altos de grueso cristal verde menta—. ¿Quieres venir conmigo a hacer un recado?

—¿Qué recado?

—Bueno... —Le doy la espalda mientras tanteo en un armario en busca de unas servilletas de papel; me siento un poco despreciable, pero creo que podré soportar la sensación mientras no me dure toda la vida; e incluso aunque me durara—. A vender unos diamantes. Le diremos al gerente de la joyería que son tuyos, que te los regaló tu madre. Con lo que me paguen te daré diez mil pesetas para que selles un boleto múltiple de la loto, ¿te parece?

—Diez mil pesetas es mucho —me mira apreciativamente, con una sonrisa coqueta y pícara que le amontona las espesas arrugas alrededor de las comisuras de los labios—. Si nos toca el bote del sábado podremos comprarnos una planta de El Corte Inglés.

—Una sola planta no, lo compraremos entero.

—Eso, eso... —Casi se pone a batir palmas de alegría—. ¿De dónde has sacado las perlas?

—No son perlas, son diamantes. Me los encontré por ahí.

—Ah, sí —asiente comprensivamente—, como cuando yo me encontré tres monedas de veinte duros en una sola semana, ¿te acuerdas?

—Ya lo creo que me acuerdo. Precisamente pensaba en ello hace un momento. Las dos tenemos mucha suerte encontrando cosas. —Le preparo su vaso de café, añado un poco de leche descremada y se lo pongo entre las manos. La miro mientras le da algunos sorbos con aire concentrado—. Pero no debemos decírselo a la tía Mary ni a mamá ni a las chicas. Si llegara a oídos de la tía Mary diría que es ella la que los ha perdido, a pesar de que yo me los encontré en la calle como tú aquellas monedas, y querría quedarse con el dinero... —Hago un gesto de tristeza y preocupación—. Y entonces no podríamos sellar una loto múltiple, de las caras de verdad, de las que casi siempre ganan...

—No le diré nada a nadie. Vamos...

—Cogeremos tu carnet de identidad y algunas otras cosas, por si nos hacen falta, ¿te parece, abuelita?

—Ya voy.

25

El gerente de Cartier es un tipo alto, enjuto y delgado, que luce en su cara una inamovible sonrisa que semeja más bien una lesión de carácter permanente y que no le hace parecer tan cordial como seguramente él desearía. Lleva un traje de Armani y un perfume insufrible por lo intenso, seguramente muy caro, que me hacen avergonzarme de mi camisa de algodón arrugada y mi pantalón vaquero que ni siquiera luce el nombre de una buena marca encima de mi trasero. Cruza por mi mente el fugaz presentimiento de que no utilizar ropa cara me convierte en una de esas muchas reses que no están marcadas a fuego con la insignia de una ganadería de prestigio, sino que trotan libres por el campo sin reparar demasiado en el hecho de que no son ejemplares obsequiados con los privilegios que reporta pertenecer al gremio de los pura raza; o al menos de la raza con denominación de origen y garantía sellada.

Oh, Señor, me siento como un delincuente de poca monta que se busca la vida desvalijando los bolsos de ancianitas venerables. Siento que mis tripas se pelean entre ellas dentro de mi estómago como consecuencia del terror que me domina y que me empieza a provocar náuseas y pequeños escalofríos. Llevamos sentadas casi dos horas en este despacho, esperando, y mis nervios están tan tensos como los cables de la luz. Pero me digo a mí misma, por milésima vez, que venir aquí es mucho mejor idea que tratar de vender los pedruscos en un mercado negro cuyas reglas desconozco y del que ni siquiera sabría cómo encontrar la puerta de entrada. Si esto funciona, funcionará a la perfección; todo será legal y no tendré de qué preocuparme, salvo de agarrar la pasta y salir corriendo. Y si no funciona, mala suerte. No me parecería ninguna novedad. En todo caso la responsable legal será mi abuela, y ella es demasiado vieja para que se la lleven al talego. A su edad enjaularla en el maco sería mayor delito para los jueces que para la condenada. Además, me consta que existe un tope para eso de la responsabilidad penal por la parte de arriba, y por la de abajo, de la pirámide de edades de la población.

Es cierto que podrían acusarme de cómplice, pero..., ¿cómplice de qué?, ¿de ser una buena chica cómplice que acompaña a su abuelita siguiéndole la corriente en sus mentirijillas y desvaríos seniles pero inofensivos? Ella puede muy bien haberse encontrado los pedruscos encima de un banco del parque, metidos en una bolsa de Mercadona, ¿no? O tenerlos guardados debajo de la cama desde que era mocita, cuidándolos mejor que a su honra, que diría Calderón.

Me he devanado los sesos intentando buscar una solución legal a la posesión indebida de mi riqueza desde el momento en que me tropecé con los diamantes; tenía el presentimiento de que quizá me metería en un lío atroz si trataba de venderlos aquí. Tal vez eran mercancía robada, tal vez ni siquiera pertenecían al pobre Joaquinico el Serio, que en paz descanse, tal vez la policía me agarraría y lo que me ofrecieran los maderos fuese mucho peor que lo que podría haber recibido de Antonio Amaya si él supiese que yo tengo algo que le perteneció a su querido y difunto papa...

He pasado días y días dándole vueltas a las ventajas y a los inconvenientes de todo esto. Pensé en coger mis últimos ahorros, meter los diamantes en una botella de agua mineral, y volar rumbo a Río de Janeiro; vender allí las piedras y luego buscar a mi padre. Pero el plan, que en principio me pareció el más adecuado, y el que menos riesgos quizá podría reportarme, no era perfecto. ¿Y si me descubrían antes de subir al avión, o después de hacerlo? No tengo ninguna experiencia en vuelos internacionales, no sé cómo son de concienzudas las autoridades cuando se trata de levantar joyas de un país a otro; y no se me ocurrió cómo podría explicar la procedencia de los brillantes en caso de que me descubrieran con algo más de medio kilo de ellos reposando plácidamente en el fondo de una botella de plástico llena de agua.

No, no podía arriesgarme a acabar dando con mis huesos en una cárcel brasileña. Si el trullo de por aquí no parece muy agradable, no quiero ni pensar lo que será en otro país, lejos de mi hogar, de mi lengua materna, de mis costumbres y mis leyes (o de quien sean en realidad); malo o bueno todo ello, pero por lo menos conocido, que ya es bastante.

Pero por lo que me ha contado Amador —y que me ha hecho decidirme por esta opción que me parece la más legal y la más descarada que podía ocurrírseme—, su padre, que en gloria esté, don Joaquinico, el hombre más importante de mi vida después de mi propio padre, nunca tuvo nada que ver con actividades delictivas declaradas o sin declarar. De modo que, después de mucho pensarlo y de interrogar sutilmente a mi novio sobre ello, deduje que los diamantes no debían ser robados.

El buen hombre fue joyero durante cuarenta y tres años; un joyero al por menor y de puerta en puerta, de comprar y vender lo que podía, de forjar pequeñas joyas de plata, de trapichear con lo que iba cayendo en sus manos. Para Amador era una hormiguita laboriosa, toda la vida trabajando, juntando. Todo lo contrario del tópico del gitano que tan arraigado tenemos en nuestro imaginario social: un gitano currante; ahí es ná.

Había logrado hacerse con una casita modesta en un pueblo, y tenía guardado allí un pequeño cofre enterrado bajo una baldosa, al viejo estilo precapitalista, lleno de medallas, collares y pulseras de oro que él mismo había tallado en su mayoría, y cuya existencia conocían todos los hijos del finado además de su esposa —aunque no supieran con exactitud cuál era en concreto la baldosa: después de muerto tuvieron que levantar toda la solería de la casa hasta que dieron con el tesorillo; parece que el viejo se murió sin tener tiempo de soltar prenda, o quizá no deseaba ponérselo fácil a los que han quedado; «el muerto al hoyo y el vivo al bollo», solía repetir a menudo el patriarca, resentido y meneando como siempre la cabeza, como disgustado porque así fueran las cosas sin que él pudiese remediarlo...

He procesado poco a poco toda la información que Amador, inocentemente y sin pretenderlo, me ha ido suministrando, y mi conclusión es que don Joaquín, sin ser un avaro, amaba las joyas, su oropel, su valor, su perfección, su resistencia al tiempo, su singularidad... O a lo mejor todo eso no son más que imaginaciones y facundias mías, y lo que de verdad admiraba el viejo gitano de ellas era la certeza de que podría echar mano y allí estarían, para sacarlo de cualquier aprieto que se le presentase. Desconfiaba de los bancos —cosa que nunca le agradeceré lo bastante; y hacía bien en desconfiar de ellos, según me parece a mí—, y sabía que hay cosas que siempre se cotizan y se aprecian al alza en este mundo donde los valores dejan de serlo de un día para otro. Él creía en el patrón oro, por así decirlo; no se fiaba de las evoluciones de la Historia porque, al igual que mi abuela, los dos han visto la suficiente para guardar sus recelos al respecto. La Historia la construyen los seres humanos y, como decía la abuelita hace años, a la gente no le da tiempo a hacer bien las cosas, ni siquiera a hacerlas mal por completo: unos vienen, otros se van, unos hacen, los otros deshacen. Nadie puede prever qué rumbo tomarán los tiempos, ni si serán seguros o si al menos nosotros en particular podremos estar a salvo.

Los diamantes de don Joaquinico, que era un hombre serio,

me parecen más bien el producto de su ahorro doméstico a lo largo de toda una vida, el fruto de la acumulación derivada de las lógicas deducciones financieras de una mentalidad todavía preindustrial.

Irían cayendo en sus manos poco a poco, uno a uno... Compraría a bajo precio, o a cambio de otra cosa, y no vendería, juntaría un puñadito que empezaría a crecer poco a poco, igual que un niño, hasta que fue lo bastante importante como para fabricarles una original hucha en forma de recio bastón con una parte de cristal esmerilado, blindado y transparente, donde podía verse todo sin que se viese nada. Así los tenía a mano, nunca mejor dicho, noche y día; camuflados pero a la vista de todo el mundo, lo que resulta la forma más segura de esconder algo.

Y si no fue así como ocurrió, así, tal y como yo lo imagino... Total, ¿qué más da?, ¿qué importancia puede tener ahora, al fin y al cabo?

Sin embargo, aunque no importe nada qué ocurrió con los brillantes, o cómo fueron a parar al bastón del Serio, he llegado a recitarme toda esa cantinela del ahorro honesto de don Joaquín más de mil veces, hasta que me he convencido a mí misma de que mi hipótesis es lo bastante plausible como para aproximarse a la verdad; no soy tan ambiciosa como para pretender llegar hasta la verdad misma —lo que sería, además de estúpido, imposible a estas alturas—, me he conformado con situarme cerca de sus arrabales. Me parece que puedo estar razonablemente segura de que ninguna persona o institución reclama las piedras como robadas, que fueron adquiridas legal o semilegalmente en el transcurso de muchos años, y que ahora nadie puede refutarme que la legítima propietaria es mi abuela, esta agradable viejecita que está sentada a mi lado con su vestido azul marino y sus gafas de concha marrón, observando con placidez y una sonrisa encantadora los detalles elegantes del despacho del empleado de Cartier, el mismo que le devuelve inútilmente la sonrisa a mi abuela; y digo inútilmente porque su sonrisa no nos parece a ninguna de las dos una sonrisa auténtica, quiero decir de la misma calidad que la nuestra.

El señor Albiñana, Haroldo Albiñana, puesto que así nos ha dicho que se llama, comienza dirigiéndonos un pequeño sermón sobre testamentos, impuestos, abuso de los vejestorios, certificación de la propiedad y algunos extremos legales que se me escapan y logran que detecte en mi abuela signos de sentirse adormecida, o narcotizada, detrás de su bonachona, y absolutamente fingida, expresión de anciana comprensiva que no sólo conoce al dedillo todos los códigos civiles y penales que hayan podido editarse en este país después de la Primera Guerra Mundial, sino que además lo primero que hace cada mañana después de despertarse es leer de cabo a rabo el BOE del día.

Me río por dentro, y libero así un poco de la tensión que mantiene agarrotados mis miembros, porque sólo yo sé que, en realidad, está pensando en los números que marcará en su boleto de apuestas en cuanto yo le entregue sus diez talegos, y eso es lo que la mantiene despierta aún, luchando contra el sopor de la voz del gerente que parece empeñado en anestesiarnos mucho antes de decidirse a darnos una respuesta definitiva.

—Mire usted, pollo... —De repente se incorpora en su sillón e increpa al señor Haroldo, un pollo que ya no volverá a cumplir los cincuenta y cinco, por lo menos. Cuando empieza a hablar mi corazón se para un momento antes de lanzarse a la carrera debajo de mi pecho. Le he advertido antes de entrar aquí que debía hablar lo menos posible, a ser posible nada—. Díganos si los puede o no los puede comprar. Yo ya soy mayorcita, como usted puede ver, y sólo quiero cambiar mis joyas por su pasta. A mi edad, ya se sabe, el futuro no está muy claro, y no tengo mucho tiempo para perderlo. Si usted no los quiere, podemos ir a otra joyería, aunque sea de menos postín que la suya, ¿verdad, Candela?

—Buuu, bueno —gimoteo yo, o grazno, casi sin aliento.

Don Haroldo mira a la abuelita por primera vez sin su característica mueca sonriente cincelada sobre los finos labios. Incluso yo la escruto con la mirada, sorprendida de la claridad de sus pensamientos, o de que albergue pensamientos bajo su canosa e inestable cabeza. Si el tipo no se decide a darnos una respuesta antes de que su mente vuelva a su estado natural, que es el erratismo en fase proteica, es probable que hoy tenga que sacarnos la tía Mary a las dos de los calabozos de una sucia comisaría de barrio. Después de todo.

—Es una cantidad importante de diamantes, debe usted comprender que tomemos nuestras precauciones, señora... —El hombre se seca con un pañuelo bordado unas gotas de sudor sobre el arco de las oscuras cejas.

—Es todo lo que me dejó mi madre cuando murió, hace ya cuarenta años; ella los había recibido de su madre —asegura la abuela, contemplando las volutas con que se riza la madera en las esquinas de la mesa del despacho. ¡Bien, bien, abuelita, sigue así!—. Yo quería dejárselos también a mi hija, pero creo que ha llegado el momento de venderlos y gastar el dinero, que falta nos hace.

—Tendremos que comprobar que el material no es robado, ni de oscura procedencia...

—Me parece muy bien; hace usted bien, muchacho. Aunque le acabo de decir a usted que eran de mi madre. Yo no sabía que para tener joyas se necesitaran escrituras, como para las casas. En los tiempos de mi madre las cosas no se hacían así, ¿verdad, Candela?

—Y no es que se necesiten exactamente, pero sí, algo sííí —el hombre resopla y pasea las desconcertadas pupilas de un lado a otro por la cuenca de sus ojos—. Una cantidad así, tantos kilates, bueno, la verdad. A pesar de que usted dice que su abuelo era propietario de una joyería, y de que ya sé que en esa época estos asuntos se arreglaban de forma bien distinta a como se hace hoy día, pues, la verdad, comprenda usted que, así y todo, se trata de un conjunto importante de diamantes —el gerente respira con dificultad—. Usted deberá firmarnos varios documentos legales; algunos son los comunes a todas las ventas; otros están especialmente redactados para casos como el suyo: el objetivo es asegurarnos su plena y exclusiva responsabilidad penal o criminal, eximiendo a esta empresa de las mismas, en caso de que las piedras sean legalmente reclamadas por la policía, los tribunales de justicia o la Interpol, llegado el caso. —Ojea la cartilla de la seguridad social de mi abuela, su carnet de identidad, su certificado de viudedad y de inscripción en el censo de la ciudad, sus humildes libretas de ahorro; todo lo que he podido traerme conmigo—. Veo que sus documentos, me parece que sus papeles están... en regla. Pero tendrá usted que asumir las responsabilidades que le acabo de enumerar.

—A mí no me parece mal, ¿y a ti, Candela?

—Nnnnno, no, claro.

—¿Y cuánto nos va a dar usted por ellos?

Llegados a este punto el señor Albiñana carraspea en un patético intento por aclararse la voz, o por parecer menos interesado de lo que en verdad está por hacer una compra que resulte una ganga para su empresa y para él mismo como parte de ella que es. Ahora yo también lo miro fijamente, tengo la sospecha de que ya no soy la única choriza de esta habitación, que él también va por ahí tirando de los bolsos de las viejecitas que no pueden correr tras el ladrón. Ahora es él el que trata de sacar provecho del desvalimiento de la ancianidad, y llevarse una sustanciosa comisión con este negocio que le permita liquidar su hipoteca o comprarle un abrigo de marta cibelina a su amante.

—Sí, ¿cuánto pueden valer? —pregunto a mi vez, aunque todavía con una voz cuya fuerza se queda pegada a las paredes de mi tráquea y suena al salir de mi boca igual que un fuelle carcomido que comienza a desinflarse.

—Bueno, no quisiera mentirle. Su precio en el mercado sería unas veinte o treinta veces superior al que yo puedo ofrecerle a su abuela.

Abro la boca, con sorpresa incontenida, pero el gerente levanta una mano apaciguadora y trata de explicarse mejor.

—Deben ustedes tener en cuenta que excepto dos o tres de las piezas, el resto necesitan ser talladas por completo, o están talladas de una manera tan tosca y artesanal que jamás podrían montarse en esas condiciones, no si respetáramos su estado actual. El proceso de tallado es delicado y costoso, y pueden perderse kilates en él, con lo que el precio ya no sería el mismo al haber disminuido notablemente el peso de los brillantes. Sin embargo, lo que perdemos en peso lo ganamos en belleza y en perfección —me aclara con una de sus antiguas sonrisas momificadas.

—¿Entonces, dónde está el problema? Si lo que pierden por un lado lo ganan por otro...

—Acabo de decirle, señorita, que es un proceso largo y carísimo, imprescindible si se quiere vender un diamante como pieza de joyería, y que hemos de pagar nosotros, claro está. Además, todos ellos deben ser montados sobre oro o platino. Sume usted el coste del diseño, metales nobles para el engarce, etcétera, etcétera. Nadie compra diamantes en bruto, o casi en bruto, tal y como ustedes han traído éstos. Puedo ofrecerles... —se inclina sobre una pequeña hoja de papel en blanco, con el membrete de la joyería estampado en letras doradas en la esquina superior derecha, y garabatea una cifra con una pluma de oro; después la acerca hasta ponerla al alcance de la mano de mi abuela—. Tengan en cuenta que no somos usureros, y que tenemos un alto prestigio internacional. No creo que nadie igualara esta cifra, en este país al menos.

Mi abuela acerca el papel hasta ponerlo a unos centímetros del cristal de sus gafas, pero estoy segura de que no es capaz de descifrar los menudos números de don Haroldo. Los contempla unos segundos, sin embargo. Luego se encoge de hombros y me pasa a mí la hoja de un blanco purísimo, cegador.

—¿Esto es todo lo que pueden darle? —bisbiseo con una vocecita infantiloide.

—Sí, ni una peseta más ni una menos. O ni un euro más ni uno menos, como prefieran. Les extenderé un cheque conformado ahora mismo si su abuela firma todos los documentos y, por supuesto, si está de acuerdo con los términos de la transacción y el precio ofrecido.

—¿Podría firmar el cheque al portador? —sugiero.

—Lo que ordene su abuela, aunque yo les recomendaría que no lo hicieran y que, en caso de hacerlo, extremen la prudencia. Tengan en cuenta que los impuestos ya les han sido descontados del total, y si perdieran el cheque, el que lo encontrara se toparía con una bonita cantidad limpia de polvo y paja. Como en la lotería. Sería lamentable para ustedes.

—Sí, sí... —responde la abuelita; luego agarra mi brazo y me acerca la cabeza hasta su oído—. Está bien, pero vámonos ya, Candela, que me estoy orinando.

—Permítame advertirles de nuevo que deben ingresar el cheque cuanto antes en su banco. Es muy peligroso pasearse por ahí con una cantidad así en un cheque al portador.

—No se preocupe —le sonrío generosa y sinceramente; no todos los días cobra una un montón así de millones para ponerse después a ahorrar en simpatía.

26

Cuando salimos a la calle, después de que la abuela haya ido al baño a desahogarse, me revuelvo nerviosa mirando a todos lados, llevo metido el cheque dentro de una carterita que me cuelga del cuello y que he atrapado contra mi pecho debajo del sujetador; la noto arañarme el pezón con una aspereza que, aun así, no deja de resultarme agradable y excitante.

El tacaño sujeto que acaba de estafarnos probablemente haciendo así el negocio de su vida, ha tenido la amabilidad de pedirnos un taxi; nos acompaña hasta el coche y nos abre la puerta.

—Señoras... —dice con voz empalagosa mientras estrecha nuestras manos—. Ha sido un placer.

—Lo mismo digo —lo obsequio con un apretón que parece un torniquete mortal y que hace sonar los huesos de sus dedos.

—Hasta otra, pollo —responde la abuela.

Creo que lo mejor sería encaminarnos directamente al banco para ingresar el cheque. Compruebo la hora en mi reloj y... ¡Maldita sea mi estampa!, los bancos hace más de un cuarto de hora que han cerrado ya, y no abren por las tardes. Me temo que tendré que guardar el cheque hasta mañana a primera hora y que hasta entonces me quemará el bolsillo —la pechera, en este caso— como si lo tuviera lleno de ascuas. Tal vez deba dejarlo en casa, no sé. Hemos perdido mucho tiempo con don Haroldo, a pesar de que yo ya había iniciado las negociaciones con él hacía días. Hoy es demasiado tarde para volver al banco. Qué fastidio, me repito, qué fastidio tan grande como mi fortuna.

Tuerzo el gesto, contrariada; aunque lo importante es que ya tengo el dinero, que todo está en orden, y que ahora puedo empezar a planear mi vida de una manera más calmada. ¿De qué me quejo, pues? Volaré a Brasil, buscaré a mi padre aunque no consiga encontrarlo, tomaré el sol y pensaré despacio qué haré de aquí en adelante. No tengo suficiente dinero como para dedicar el resto de mis días a criar culo encima de un sofá y a ver pasar las nubes sobre la terraza, pero aun así, aun así a partir de ahora mi vida puede ser distinta, sí, mucho más dulce, porque poseo algo sobre lo que asentarme y comenzar a construir. A construir lo que sea, y a compartirlo quizá con Amador, si es que él está dispuesto, con Amador que tiene más derecho que yo misma a disfrutar de este regalo; y que además es el hombre que quiero.

Ya no veré más cadáveres nunca más; nunca más oleré el hedor de la caducidad de tantos cuerpos desconocidos e inermes. Ahora soy casi libre: me interesan las células, la vida y sus sistemas complejos, su inestabilidad y sus procesos acumulativos. Un sistema es tanto más complejo cuanto mayor es el número de sus elementos estrecha y recíprocamente ligados. Como mi hogar, mi familia, mis amores y mi cerebro. Mi complejo pero elemental sistema de supervivencia diaria. Sí, me interesa vivir, es en lo único que pienso en estos momentos.

Saco un billete de diez mil y se lo doy a la abuela que lo coge con suma rapidez y se lo guarda en el bolso. Le doy al taxista la dirección de nuestra casa.

—Candela, no sé qué opinas tú, pero a mí me parece que ese señor que nos ha dado el dinero, es prestamista —me dice por lo bajo.

—Bueno, según como lo mires es posible.

—No me gustan los prestamistas, Candela —sigue hablando y agarrando con fuerza su bolso de polipiel entre las manos sobre las que se le marcan unas gordas venas violáceas—. Yo tuve un pretendiente que era prestamista, pero lo mandé a paseo, menos mal. Eso fue antes de casarme con el abuelito. Muchísimo antes.

—¿Era prestamista? —le pregunto abstraída.

—Sí, pero no de dinero como éste con el que hemos hablado.

—¿Entonces...?

—Prestamista de falsos testimonios —me comunica con una voz misteriosa—. Juicio que se hacía, allí que estaba él prestando falso testimonio. Le pagaban por eso. Creo que no acabó muy bien.

—No me extraña.

—Candela, sube tú para arriba si quieres —me dice después de que las dos bajamos del coche, mientras pago al taxista—. Yo voy a echar la loto y después me voy a ir un ratito al Corte Inglés, a tomar el aire.

—¿A tomar el aire en el Corte Inglés, abuelita?

—El aire acondicionado, sí. Con este bochorno en el piso no se puede parar. Dile a tu madre que no me guarde comida; me voy a comer un montadito de lomo en la cafetería que hay en la planta de Oportunidades. El camarero ya me conoce y siempre me sirve bien. —Se queda parada, abstraída un segundo—. Es raro, pero se me ha abierto el apetito, y la última vez que a mí se me abrió el apetito yo todavía tenía la regla, si no recuerdo mal. Candela, aunque parezca mentira yo también tuve un día ganas de comer...! —me dice en voz baja y con tono conspiratorio, como quien confiesa que «yo también fui joven y rebelde una vez, aunque fue hace mucho tiempo».

27

Y o le dije «mala pu-puñalá te den al regorbé una calle, so pu-puta y so gua-guarra, mala puñalá te den»... —Parece que tartajea un poco, pero oyéndolo con algo más de atención que el día del funeral de su padre, descubro que no tartamudea en un sentido estricto, sino que pronuncia con un acento imposible que tiene resonancias gitanas, del sur de Andalucía y del catalán de Santa Coloma de Gramanet mezcladas con la dificultad para la lengua hablada que suministra una fenomenal borrachera, como la que él tiene en estos momentos; y que sus oscilaciones vocales —de intermitencias no regulares ni cadenciosas, sino desordenadas y aleatorias—, recuerdan más al efecto del scratch de un discjockey de hip hop: esos quebrantos de sonido que salen del aparato cuando se desliza, hacia delante y hacia atrás, la aguja del tocadiscos sobre los surcos del vinilo.

—Parece que no os llevábais muy bien, ¿eh? —comento yo con mi habitual perspicacia, sintiendo un mar de cagarrinas producidas por el miedo dentro de mis maltratadas tripas que, un día de éstos, optarán por largarse de mi cuerpo en busca de otro estómago menos sensible a las influencias ambientales que el mío.

—¿Lle-llevarnos? Nos lle-llevábamos como un ala-alacrán

atorao en el gayiyo. Ella era el alacrán y yo el gayiyo —me explica con toda seriedad Antonio Amaya—. Pe-pero no voy a llorá; los ojos me se de-debían daber sartao cuando la vi la primera ves, a la Loles. Sa ido, y bien está ida. Que se joda en Cadis, allí con sus primos y su familia, ro-rodeá de murallas —recapacita un poco mirando al cielo estrellado sobre la playa—. Una tía que, que ¡ensima! no sirve ni pa dar calor en la cama. Y de echar un polvo... ná; ni de lao, la condená. No le echabas un fogui ni empalmao co como un poste de la lus. Claro, que eso conmigo..., porque lotro día voy y resibo esta afoto. —Se echa mano al bolsillo trasero del pantalón en busca de algo, lo saca y me enseña la fotografía que Brandy y yo decidimos escanear finalmente de la cinta de vídeo de Víctor, y que luego enviamos anónima y temerariamente a Antonio, con la indicación del nombre y dirección de nuestro ex cuñado—. Ahí la la tienes, al pendón, jartándose de joder con un payo. Si no fuera porque ya-ya sabía ido cuando la resibí por correo, mecho al piri los pelos de su coño y repalto la sopa por toda la vesindá. Al pollalisa que se lastá follando en la futografía ya he ido a velo, y no lo he tenío ni que tocar. Sacagao ensima na mas verme, y perdona, ¿eh?, francamente, que table de mierda a ti. Mentraron ganas de ponele la-la polla ensima dun cacho pan y..., ¡a... auuumh! ¿En-entiendes?

—Aaaah. Sí, claro —digo, sintiéndome como un mameluco asustado y que las rodillas se me han vuelto de gominola.

Me dice con la voz enronquecida por el alcohol, y una nuez considerable que sube y baja con parsimonia a lo largo de su garganta y me hace sospechar que tiene algo atascado en la tráquea, que cuando fue a visitar a Víctor le comunicó con sencillez su intención de matarlo allí mismo, en el rellano de la escalera, y mi ex cuñado se fue de varilla, pantalones abajo, gimiendo que no, que él no, que jamás se le hubiera ocurrido darle por saco a la señora de un hombre como Antonio; agarró la fotografía llorando y le juró que aquella era la madre de su hijo, que pronto se iban a casar, en cuanto a él le dieran el divorcio de la primera madre de sus hijos, y que se iba a vivir con ella a Santiago de Compostela porque era maestra nacional y la habían destinado a Galicia. Para corroborarlo llamó a gritos a su amante, que permanecía dentro del que fuera domicilio conyugal de mi hermana Gádor, y le dijo al gitano que, mira, era la de la foto, la misma que ponía el culo porque él, que él supiera no conocía a la señora de Antonio, es más: estaba seguro de que, desde ese mismo momento en adelante, en caso de que alguien intentara presentársela, él no lo iba a permitir fácilmente.

Antonio, después de ver a la que será al parecer la segunda esposa de Víctor, se calmó un poco, se guardó la navaja y dijo que «joer, se-se paresen de cojones estas dos, como dos gotas de mierda», y se fue por donde había venido. Aunque ahora ya no está tan seguro de que la de la foto no sea su Loles. A veces cree que es ella, y a veces no se lo cree; la duda es lo que más lo tortura, el pensar que quizá podía haberlos rajado a los dos y, por el contrario, no les ha tocado un pelo a ninguno de ellos.

Cuando termina de contarme sus cuitas, enciende un cigarro y da una patada a la arena.

Los dos dirigimos en silencio la mirada desde la cúpula celestial hasta el sitio donde la oscuridad del mar se confunde con la del cielo.

Me pregunto cómo puedo seguir aquí, al lado del tipo que ha sido el protagonista absoluto, el actor principal sin duda, de mis pesadillas desde el mismo momento en que yo opté por guardar los diamantes de su finado padre —únicamente a título de póstuma propina—, hasta anoche mismo, dado que hoy todavía no me he ido a dormir.

Me pregunto cómo puedo mantener mi sangre fría estando aquí, a su lado; aunque podría sin duda responderme que lo hago a costa de elevar la temperatura de mi intestino. Creo que dado que tengo la sangre como si la conservara dentro de un congelador, y la barriga igual que si acabase de sacarla de un horno a doscientos grados, podemos decir que, estadísticamente, mi cuerpo está a una temperatura ambiente ideal.

Pero yo sé que eso es una falacia, y a partir de este momento dejo de creer en la ciencia estadística, me parece.

El chiringuito playero al que nos ha traído Coli a mis hermanas y a mí es casi dos veces más grande que el pequeño tanatorio de la funeraria del señor Oriol, pero no me parece que sea ni siquiera la mitad de divertido. A las once de la noche los únicos clientes somos nosotras y Amador, que se ha hecho acompañar de su hermano Antonio porque dice que la Loles lo acaba de abandonar y está un poco deprimido. Yo no estoy muy segura de que un tipo que lleva una liga por encima del calcetín que le sirve para sujetar un cuchillo bien afilado de un palmo de largo sea una persona con una razonable, y humana, tendencia a la depresión, pero Amador ha insistido. Según él, Antonio necesita divertirse y olvidar.

Nada más ver al que podría ser mi futuro cuñado, he empezado a estremecerme, dando tiritones de puro pánico, y Antonio me ha preguntado con cierta remota amabilidad que si era el jaco. Le he contestado que no soy yonqui, pero que me lo estoy planteando, y se ha echado a reír obsequiándome con el panorama cariado de unos dientes lobunos que, en mis sueños, conocían el sabor de la carne humana y parecían apreciarla. Nada más presentarnos a todas nosotras, Antonio dejó bien claro cuáles eran sus preferencias: parece haberme cogido cariño a mí sola, me ha escogido a mí entre todas las mujeres como confidente y amiga, me ha arrastrado a unos cincuenta metros lejos del chiringuito, donde los demás toman mojitos y se miran aburridos, siguiendo el son de la música con los pies sobre la arena tostada.

Me acerco el bolso a mi pecho y me agarro con los brazos a él, rodeándolo y estrechándolo como a un niño pequeño. Hasta que no vi a Antonio no me pareció absurda la idea de llevar dentro del sujetador un cheque al portador por muchos, muchos millones que debo ingresar mañana en el banco, a primera hora, si es que quiero que mi vida discurra con una cierta placidez y mínima felicidad en el futuro.

No me atreví a dejarlo en mi dormitorio, o escondido en casa, porque la paranoia se ha apoderado de mí desde que soy rica: nunca me he fiado de la tía Mary y esta tarde me pareció el peor momento para empezar a hacerlo. Ella podría fisgar como estoy segura de que hace siempre por la casa, tropezarse por una de esas casualidades de la vida con mi cheque y convertirse al instante en la portadora del mismo dejándome a mí los bolsillos vacíos y la cabeza llena de desconcierto y frustración.

Sin embargo, ahora sé que traerlo conmigo no ha sido tan buena idea como creí en un principio.

Miro relucir bajo la luna la faca de Antonio sobre el calcetín de tenis de su pie izquierdo, y mi cuerpo se convulsiona de nuevo por el terror. Si este tipo supiera que encima de mi corazón laten tantos kilos de miserable dinero, y que es un virus originario de su papa, no me sonreiría como lo está haciendo ahora; la curva de sus labios se inclinaría hacia el suelo, en dirección a su barbilla, en vez de adornar su cara como unos bigotes que se juntan y logran confundirse con sus patillas.

—Tengo la sangre podría, Candelilla, y to po-por esta tía zorra que se me ha largao a Cadis. Mala mojá le den con-con un estoque torero.

Se acerca hasta nosotros Gádor. Está pálida y la luz de la luna reflejada en el agua del mar parece teñirla de un barniz perlado y sucio. Agradezco la súbita presencia de mi hermana de todo corazón, con todo el peso que mi corazón soporta bajo mi pecho fatigado.

—Hola... —murmura débilmente poniéndose frente a mí. Su vestido de tafetán amarillo aumenta la voluminosidad de sus senos inflamados y la redondez de sus caderas. Ya se le notan los estragos de la depresión postparto—. Candela, creo que me voy a casa, me han pedido un taxi por teléfono. Es que estoy cansada, el niño no me deja pegar ojo con los gases dichosos, y dentro de una hora mamá le tendrá que dar el biberón y es que..., es que preferiría darle el pecho —dice esto último acercándose a mi oído y susurrándome a continuación que, como se le está retirando la leche de tantos disgustos, prefiere aprovechar y darle a Rubén lo poco que quede, para que se avitualle mientras todavía está a tiempo—. De todos modos tampoco es que sea una gran fiesta. Menudo muermo de gente nos hemos juntado. Y también es que hace tiempo que me acostumbré a no salir de noche, y esto me viene largo —rezonga algo exasperada en dirección a mi acompañante, que no da señales de sentirse aludido.

—Como quieras... —la miro y le sonrió cariñosamente—. Te acompaño hasta que venga el taxi.

Cojo mi bolso y me excuso con Antonio que me asegura que se quedará sentado en el mismo sitio, esperándome hasta que vuelva para seguir charlando de nuestras cosas.

—Además, es que no soporto a tu novio el caló; y a su hermanito mucho menos. ¿Es que no pueden disimular un poco el gitanerío y todo eso? —dice Gádor en cuanto se da media vuelta dejando a Antonio a sus espaldas—. Deberían cortarse el pelo, y comprarse ropa decente. Seguro que trafican con drogas —insiste, fastidiada.

—No, no lo hacen, Gádor...

—Pues es que por mí como si lo hicieran, ¿sabes?

—Una buena noticia, hermanita: Víctor se muda a Galicia.

—¿Quién te lo ha dicho?

—Un pajarito.

—Pues espero que se vaya con viento fresco. No quiero volver a verlo nunca más, es que no quiero volver a verlo pero nada de nada de nada.

Cruzamos la playa sin hablarnos, con los zapatos en la mano hasta que alcanzamos la acera del paseo marítimo. A nuestras espaldas se oyen risas, el mar golpeando con suavidad sobre la arena y la monótona melodía que sale a través de los altavoces del bar. Comienzan a llegar más parroquianos, quizá Coli tenga razón y este sitio empiece a animarse un poco a partir de media-noche.

—Gádor, ¿me haces un favor? —pregunto mientras me doy

media vuelta, de frente a una vieja casa de marineros reconvertida en residencia veraniega que parece cerrada a cal y canto, aunque cuidada con pulcritud. Extraigo de mi sujetador el sobre donde atesoro el cheque de mis desvelos y lo introduzco dentro de mi bolso, en un compartimento con cremallera. Siempre de espaldas a Gádor que escudriña la calle en busca de su taxi, saco el monedero, me lo meto dentro del bolsillo trasero de mis vaqueros, cierro el bolso y se lo tiendo a mi hermana—. ¿Quieres llevarte a casa mi bolso, por favor? Tengo ahí mi carnet y todo eso y no me fío, lo puedo extraviar aquí sobre la playa. Es un lío tener que renovar el deeneí cuando lo pierdes o te lo roban, y con este ambiente... Déjamelo dentro de mi armario, ¿quieres? Me quedaré sólo con el monedero.

Mi hermana asiente, con aire distraído y cansado. Está pensando en otra cosa, quizás en su marido infiel. O en sus dos hijos que ahora deberá criar y educar ella sola. Coge mi bolso, se lo echa al hombro junto con el suyo y levanta la mano al ver asomar un taxi por la esquina.

—Creo que es éste —le pregunta al conductor y después abre la puerta trasera del coche y se acomoda dentro—. Bueno, hasta mañana. Y vigila a Bely, no vaya a ser que se emborrache: es que se ha tomado dos cervezas y nunca lo había hecho.

—Vale, hasta mañana. Procura descansar. —Cierro la puerta y le digo adiós con la mano—. Y no me pierdas el bolso.

—Venga ya, ¿cuándo he perdido yo algo?

Acabo de quitarme un gran peso de encima.

28

En cuanto vuelvo junto a los demás, Antonio se me acerca y me conduce con determinación —ojos de chalado irritable en extremo y palabras chorreantes de alcohol— a nuestro rincón lejos del alcance del grupo; me hace sentar sobre una rampa de madera que comunica la playa con la zona de duchas, y sigue hablándome con voz baja y quebrada, igual que si no hubiese habido ninguna pausa en nuestra charla, o en su monólogo, de hace un rato.

Me siento un poco más tranquila en su compañía después de poner mi cheque a buen recaudo, pero su presencia sigue produciéndome algún que otro estertor y contracciones nerviosas en la boca del estómago. Lleva el pelo suelto y ondulado hasta debajo de los hombros. Mide unos ciento ochenta centímetros, es cargado de hombros y tiene los muslos gruesos muy juntos, tan juntos que sus pantalones exhiben en la zona de la entrepierna unos roces que han terminado por volver la tela tan transparente como el papel de fumar. A veces lo miro a hurtadillas, esperando que la tela desgastada acabe al fin por ceder y temiendo ver asomar de un momento a otro alguno de sus testículos profundamente interesado en intervenir también en nuestra conversación.

Con los hombres nunca se sabe y menos con los que son, como Antonio, dinamita expuesta a una constante fuente de calor.

Mi abuela dice que mi madre no se para a pensar porque no tiene tiempo ni de pararse a hacer de vientre; dice que si se parara alguna vez a pensar lo mismo lloraría. Yo, al contrario que mi madre, siempre me paro a pensar, o a despensar, o a reparar sobre todo lo que me viene a las mientes, aunque no sea el momento más adecuado para hacerlo, o lleve prisas. Ahora por ejemplo, trato de imaginar qué clase de mujer es capaz de pegarle a un gitano de uno ochenta, adosado a un arma blanca de doble filo, y bastante nervioso, muy muy nervioso. Me parece que Loles es una gran mujer. La recuerdo del día del entierro, cuando aparecieron todos en grupo en la funeraria de don Juan Manuel aullando como un coro de almas a las que ni el diablo se quiere llevar. Tenía una mirada feroz, ojos saltones que no reposaban más de un segundo en un sitio fijo, brazos del tipo y tamaño de dos guitarras españolas y la piel que parecía esculpida en madera de cerezo. Le sacaba diez centímetros de estatura a su marido, y el moño sujeto detrás de la nuca con horquillas negras aguantaba a duras penas sus movimientos inquietos. Se encogía hacia delante, igual que si llevara puesto un collar de melones, y lloraba tanto que parecía que tenía dos goteras en los ojos.

Observo de reojo a Antonio y me digo que tal vez formaban una pareja estupenda, aunque no fueran conscientes de ello.

Él me da todo tipo de detalles sobre su fracasado matrimonio con la Loles, su trabajo en un local de espectáculos flamencos cerca de Benidorm, sus antiguos problemas con la priva —que amenazan con actualizarse, según deduzco después de verlo sorber con fruición el quinto güisqui—, sus esperanzas de hacerse famoso cantando bajo el sobrenombre de Gatito Loco, trabajándose así un puesto propio en el olimpo de los dioses del flamenco, a la diestra del rey Camarón; su debilidad por leer el *Cosmopolitan*, entre otras revistas femeninas llenas de santicos y explicaciones sobre el tema sexual, a pesar de que lee a trompicones —de la misma manera que habla—, y su convencimiento de que una chica tan maja como yo debería dejar a su hermano Amador largarse a hacer puñetas, porque Amador tiene más novias que días tiene el año.

—Pero no será ahora, ¿no?, ahora mismo, que yo sepa, sólo sale conmigo. —Lo miro asombrada, y por primera vez con ojos desprejuiciados, como miraría a un amigo confidente—, ¿no...? ¡¿No?!

—Pues claro que no, rubia, que no tenteras. —Le da una calada al porro y cierra los ojos mientras se traga el humo—. An-anda, prueba el mai, dale una chupá al lomo.

—No, gracias...

—¡Anda, coño!, no me rayes tú-tú tamién, hay que joerse. No vas a ser tú como la Loles, más esaboría y más aspera que un bikini desparto. Toma, coño, que te-te lo paso...

—Que no, que me duele la cabeza.

Antonio sonríe como si acabara de nombrarle el mal para el que él posee la medicina adecuada. Y así es, en efecto.

—Prueba éste, que ya le he metío yo una aspirina tamién —dice esforzándose por pronunciar con claridad.

Cojo el canuto con la mano derecha temblorosa, agarro la boquilla húmeda de babas con la punta de los dedos y la acerco con reticencia hasta mis labios. Disimulo como mejor puedo, agitando el humo con la otra mano de manera que se disperse alrededor de mi cabeza y Antonio no sepa si en realidad lo he aspirado o lo he diseminado por el aire. La oscuridad me favorece y el porro, que está pringoso, que lo chupe su madre.

—Tienes que celebrar que-que tienes la edá de Cristo.

—¿La edad de Cristo? —lo miro enojada— ¡Pero si he cumplido veintiséis años!

—Pues, pues eso, jai, la-la edá de Cristo cuando tenía vintiséis años. —Coge el canuto con sus dedos agrietados y lo agarra firmemente—. Y mira que pensar que cuando Cristo tenía mi edá ya sabía muerto hacía tres años. Hay que joerse, contri más lo-lo pienso más me joe la cosa.

—A ver... ¿qué otras novias se supone que tiene tu hermano? —le pregunto con una vocecilla lastimera.

Vuelvo la cabeza hacia el grupo que se arremolina alrededor de una mesa de plástico cerca de la barra del bar. Amador se ha puesto en pie y se balancea con sensualidad al ritmo de la música reggae que escapa de los altavoces sujetos bajo el chamizo del techo. Se acerca hasta Brandy y hace un gesto de invitarla a bailar, pero mi hermana niega con la cabeza y él se encamina hasta el sillón donde reposa el majestuoso trasero de Coliflor; ella asiente, la muy vaca pedorra, y salta enseguida de su asiento agarrando por la cintura a Amador y dejándose llevar por los movimientos de él. Menuda zorra traidora y cobarde, si pudiera la asesinaría por la espalda, a mi vieja amiga. Además, es más vieja que amiga, según lo veo ahora mismo.

—Anoche estuvo con una jamba que tenía un peluco, un pajató de oro, ¿cómo lo ves? Toíto de oro lo tenía la tía: hasta los dientes. Y un mostrador que-que te cagas: unas tetas pa alicatar esta playa —suspira estremeciéndose entero, como su madre—. Y mientras yo con mi mama; y la Loles en Cadis, ¡ayyy! mal dolor le dé que se la lleve la maribén al barrio de irás y no volverás porque lacabas de palmar y ya no-no hay segunda oportuniá.

—¿Quieres decir que Amador me engaña? —Estoy escandalizada, aunque no debería estarlo sabiendo de la vida lo que ya sé.

—No, no, engañarte no; eso no. Ponerte los cuernos na más.

—Pero, yo creía... yo creía que él y yo... Creía que tal vez...

—¿Qué te creías, que lo ibas a casar a ése?

—¿Quieres decir que si yo creía que lo iba a cazar o que si creía que lo iba a casar? —pregunto desorientada; yo también comienzo a estar deprimida, igual que Antonio y Gádor.

—A casar, a casar...

—¿A cazar o a casar?

—A a casar, a-a casar...

—¡Estamos buenos!

—¡Pues las dos cosas, joer, pa-pa que te quedes tranquila!

Noto que las lágrimas han empezado a recorrer mis mejillas con extremada lentitud, como si fuesen exploradoras sobre mi piel y mi piel fuese un laberinto que se debe sortear despacio porque ha de ser cartografiado con esmero, sobre todo para evitar futuros extravíos.

—Tu hermano es un hijoputa, Antonio.

—Claro, no ves que empezó a joer siendo mu chico. Pe-pero a mi mama no me la mientes que me cago en tus muertos. —Me lanza una mirada sanguinaria y prefiero cambiar de tema, y de lugar bajo la Luna si puede ser.

—Si me perdonas un momento, quiero hablar con él.

—Hablar, hablar... —dice agachando la cabeza, un poco más adormecido y menos locuaz según va disminuyéndole el nivel de sangre entre el alcohol de sus venas—. No ves que empezó a viajar y a moverse daquí pallá con lo de las carreras y toas las cosas. Se le espabiló el zupo a la primera que sechó mano a la braqueta. Hablar, hablar... ¡blablablá! Pa lo que, pa lo que sirve hablar. Hasta cagar sirve pa más cosas.

Me levanto y me pongo frente a Antonio. Él eleva la mano con la que sostiene el vaso de güisqui con hielo y hace un gesto que me libera para poder echar a andar en busca de mi chico sin que peligre mi integridad física en el intento.

29

Venga ya, payica..., ¿qué te pasa ahora? ¿No te gusta mi regalo de cumpleaños, o qué? —Amador sonríe burlonamente y me acaricia el collar de coral verde que me ha regalado.

Aparto su mano de mi garganta y lo miro directamente a los ojos tratando de no pestañear.

—Antonio dice que estás saliendo con otras mujeres.

—Ja, ja, ja... ¿Saliendo?

—Sí, eso dice él —yo también sonrío con un destello de esperanza que procuro atrapar con cuidado entre mis dientes, como si fuera aire y se me fuese a escapar al salir de la boca.

—¿Salir? ¿Quién sale hoy día?

—¿Tú? —Me siento insegura, y bastante estúpida.

—Yo no salgo con mujeres, Candela. En todo caso me acuesto con ellas.

—¿Te acuestas con mujeres? —Respiro con dificultad.

—¿Y qué quieres? Peor sería, por lo menos para mi madre, que me hubiera dado por hacérmelo con legionarios, ¿no?

—¿Te acuestas con otras mujeres?

—Bueno, Candela, hoy día las cosas no son tan fáciles, pero supongo que sí. —Se acerca su bebida a los labios, se nota que está algo achispado, no acostumbra a beber, igual que Bely, y la alegría artificial del gin-tonic probablemente no tardará mucho en transformarse en un engorroso mareo agravado por una sensación general de aturdimiento—. ¿Contigo lo hago, no? Hoy día, Candela, hoy día hace falta tener algo sólido entre las piernas para que uno no se desequilibre, ya sabes, Candela. Este mundo de hoy día, ya sabes.

—Sí, ya sé.

—Y si lo tienes no te queda más remedio que sacar algún rendimiento de él. Es un peso que... En fin, Candela, las mujeres me gustáis, no creo que eso sea malo, ¿no?

—Pero tú, tú me dijiste que me querías.

—¿Y qué querías que te dijera? Yo estaba sobre ti, y tú debajo de mí, y algo nos mantenía unidos, algo muy bonito, ¿no?, al menos para mí. ¿Qué quieres que te diga mientras hacemos el amor, que te huele el aliento?

—¿A mí me huele el aliento?

—No, no, no, en absoluto, Candela.

—Ah.

—Las cosas son siempre así hoy..., hoy día.

—Pues conmigo no, Amador. Conmigo no vuelves a acostarte nunca más en la vida, y que... y que —estoy nerviosa y no encuentro palabras para insultarlo como se merece, o para expresar mi disgusto— ...y que se mueran tus muertos si miento —digo besándome los dedos de la mano derecha, como acabo de aprender a hacer viendo a Antonio.

—¿Y por qué se tienen que morir mis muertos precisamente, guapa?

—Bueno, pues que se mueran los míos, que a mí no me importa, guapo. —Sacudo la mano izquierda en el aire, como una reina de visita oficial en el extranjero—. Adiós, Linford Christie de pacotilla. No quiero volver a verte más.

—Pero, Candela...

Me doy media vuelta haciendo oídos sordos a sus palabras,

aunque Amador no es un hombre de los que insistan con una mujer o se arriesguen a quedar en ridículo frente a ella, y se calla enseguida. Echo a andar en dirección a mis hermanas y mi amiga; sus figuras resaltan en la noche como hologramas bajo las bambalinas de colores del bar.

Soy la mujer más imbécil de mi vida, si es que puedo decirlo así, además de la más desgraciada en estos momentos. Espero, para consolarme, que sea cierto aquello que decía mi abuela de que nunca hay que correr detrás de un hombre porque son igualitos que los autobuses de la línea 70: pierdes uno, pero a los cinco minutos llega el siguiente. Espero que el siguiente hombre que llegue tenga los ojos de Amador, la suavidad fibrosa y acogedora de su cuerpo. Y espero, sobre todo espero, que yo llegue a tiempo de cogerlo.

Comprendo mejor que nunca a Gádor, soy dolorosamente consciente de lo vanas que pueden resultar a los oídos de una mujer despechada todas las palabras que le he dicho a mi hermana, como si de verdad yo creyera en su efecto balsámico, para que se olvidara de Víctor.

Ah, la vida. La vida sigue siendo tan perniciosa para la salud como siempre desde el mismo instante en que apareció en el Universo.

Bueno, vale, de acuerdo. Tengo mi pasta, ¿no? Esto es: tengo consuelo. En lo que a mi ex novio respecta, trataré de curar mis infortunios presentes rememorando el encanto de las cosas perdidas, y Amador estaba sobrado de encantos, doy fe de ello; nadie puede cambiar lo que ya ha sido. Y lo que ha sido no estuvo tan mal, después de todo.

Que perder un amor no es, al fin y al cabo, como perder la vida. Al menos no lo es fuera de la tele, donde yo vivo.

—¡Eh, Candela, tía, mueve ficha! ¡Vente ya de una vez con nosotras! —me grita Coliflor, agarrada a la cintura de Carmina con una mano y sujetando la de su amigo, el encargado del bar, sobre su cadera con la otra.

30

A las tres de la madrugada, Antonio dice que siente el pecho como si le clavaran «abujitas y arfileres po-por la parte dabajo». Suda profusamente y a veces llora un poco, aunque hasta las lágrimas y el sudor le huelen a güisqui. Charry, el amigo de Coli, lo ha sentado cerca de la barra en una hamaca de playa hecha con una tela de enormes rayas verdes y blancas, y de vez en cuando le da palmaditas en el hombro mientras susurra que «bienaventurados los borrachos, porque ellos verán dos veces a Dios».

—Estás hecho mierda, primo —le digo.

Me acerco y me pongo en cuclillas al lado de Antonio, que está tan pasado que, como suele decirse, no tiene niñas en los ojos sino dos mujeres de la vida. Lógico a estas alturas de la noche y con el ritmo con que sopla vidrio, el tío.

—Sssí... —atina a replicar con lengua estropajosa—. Pero ten-tengo en mi favor lo que el oro, que aunque se arrastre no pierde el el valor...

—No lo dudo, no lo dudo. —Echo un vistazo a mi alrededor, el ambiente se ha animado considerablemente, pero también es cierto que llevamos aquí cinco horas esperando a que eso ocurra y, después de tanto tiempo, ya parece importarnos poco que sea así o no—. ¿Te sientes mejor, Antonio?

—Sssstupendo.

—¿Podrás irte a casa solo? ¿No habrás traído coche, eh?

—Nooo. Me ha traído Amador. —Se inclina a la izquierda y lo sujeto a tiempo por una manga, evitando que se caiga al suelo.

—Pues Amador se ha largado hace rato. Te pediremos un taxi, ¿vale?

—Mejor pí-pídeme un pelotazo juisqui.

—No te preocupes, en cuanto llegues a casa te lo sirve tu mama antes de que te vayas a la cama, ¿vale? Güisqui de marca, ahora que habéis heredado el tesorillo de tu padre.

Antonio entorna los ojos y luego los cierra de golpe, afloja el cuerpo y parece que acabara de caer desde una altura incierta encima de la tumbona; es como si se hubiera desplomado.

—¡Hey, hey, hey! —Le palmeo los mofletes, tratando de reanimarlo. Las personas vivas me dan unos sustos tremendos, de alguna manera somos demasiado vulnerables y eso me hace sentirme incompetente. No podría ser médico, o enfermera como Coli; me deprimiría terriblemente.

—Tranqui-tranquil tranculo, ya... —Antonio abre de nuevo los párpados y de sus pupilas parecen haber desaparecido como por ensalmo varias capas de turbiedad etílica—. La Loles tenía cara de morir y culo de vivir.

—¿Qué dice éste? —Mi hermana Carmina se acerca a mi lado, fingiendo algún interés filantrópico por mi nuevo amigo.

—Que su mujer tenía cara de vivir y culo de morir. Creo que quiere decir que tenía la cara chupada, pero un culo que para qué.

—¿Tenía? ¿Es que se ha muerto?

—Se ha largado a Cádiz, con su familia. Lo ha dejado plantado; no se llevaban bien.

—Últimamente eso nos pasa a todos. Esta vida...

Asiento con un movimiento de cabeza.

—¡Ayayayay me juelen los tachines!

—¿Qué has dicho? —Carmina se inclina hacia Antonio.

—¡Joer, los calcos! —él se señala la punta del pie.

—¿Qué?

—Los zapatos, joer, que me juelen...

—¿Te huelen los zapatos? —pregunto yo.

—¡Una mierda me juelen! ¡Que me juelen!

—¡Ah, que te duelen los zapatos! —concluye mi hermana, sonriente—. Joder, qué tío más sensible. A mí me dolerían los pies, pero a este fulano le duelen los zapatos. Joder, qué fino, ¿cómo dices que se llama, Candela? ¿Dónde vive? ¿En qué me has dicho que trabajaba? Pues no está tan mal este tío, incluso con la pinta de cafre que tiene, yo...

Muevo la cabeza a un lado y a otro, a un lado y a otro.

—Ah, no, Carmina. Ya se va. Olvida lo que estás pensando. Ya se iba. —Me acerco a la barra, andando de espaldas mientras miro a mi hermana y niego una y otra vez—. ¡Charry! ¡Pide un taxi! ¡Ahora mismo!

31

Después de meter a Antonio dentro de un taxi que hemos pagado nosotras por adelantado —añadiendo una buena propina porque el taxista no quería montar a un gitano en su buga a las cuatro de la madrugada—, decidimos volver a casa juntas.

—Nos tomamos la última, va —insiste Coli, por enésima vez, con los ojos tan encendidos como los rescoldos de una hoguera.

Las mesas están repletas de parejas y de grupos en una perfecta ejemplificación de las edades del hombre; éste no es un local sectario ni en el sexo, ni en la edad o la raza de los clientes, y confraternizamos armoniosamente, bajo la luz de las estrellas y sobre la arena de la playa, desde negros espléndidamente zumbones hasta unos noruegos que semejan la encarnación de los nuevos Másters del Universo. La noche empezó con sambas y ahora suena Nina Simone, My baby just cares for me, y otros éxitos tan trasnochados como nosotros mismos a estas horas. Tengo sueño, he soportado tanta tensión en las últimas semanas que hoy me siento derrotada y sin conciencia definida de cuál ha sido con exactitud mi enemigo.

—Bueno, pero sólo una —termino aceptando.

—Gracias, gracias, gracias. —Bely me da un beso, encantada

de poder estar un rato más fuera de casa y se va trotando en busca de un par de chicas y un chico de su edad con los que parece haber hecho buenas migas.

Nos acodamos en un rincón de la barra, cerca del sitio reservado para las camareras.

Brandy, que ha estado toda la noche hecha un prodigio de discreción, dice que tiene una cosa que decirnos y que lo mismo da hacerlo hoy que esperar a mañana.

—Además, ya es mañana, ¿no? —añade—. Me gustaría que estuvieran aquí mamá, la tía Mary y la abuelita, pero en fin, se lo puedo decir a ellas mañana, estooo..., quiero decir, hoy. Al mediodía.

—¿Puedo escuchar? —pregunta el amigo de Coli.

Charry es un tipo de mirada sospechosa pero cargado de buena voluntad, según parece. Aunque debe ser unos veinte años más viejo que mi amiga —y unos veinte centímetros más bajo, además de veinte kilos más flaco que ella—, a la querida Coliflor se le derriten los molares superiores cada vez que él abre la boca, lo que la hace salivar sustancialmente a la vista de todos. Cuando llegamos mi amiga nos lo presentó y Bely le dijo arrugando la nariz, en cuanto él desapareció en dirección a la barra: «¿Te gusta ese tío, de verdad? ¡Fuaaag! ¡Pero si parece el asesino de Kennedy!», porque acababa de ver la película JFK por la tele la tarde anterior. Coli respondió indignada: «¡¿Y cómo coño sabes tú la cara que tenía el jodido asesino de Kennedy, si me consta que no han podido agarrar a ese cabrón todavía?!» Mi hermana se encogió de hombros y le dijo con la voz más inocente que supo que, bueno, en fin, que cuando pensaba en el asesino de Kennedy ella se lo imaginaba exactamente con esa cara. La misma de Charry, qué se le iba a hacer.

—Sí, ¿cómo no? Puede escuchar todo el mundo —sonríe pletórica Brandy— . Pues..., tachán-tachán! ¡Voy a casarme!

Todas la miramos con la boca abierta, y no sólo porque ella reluce como una lámpara de gas. Brandy va vestida así, de modo que parece parte del atrezzo del teatro casero que es nuestra vida.

—Pero...—Carmina la observa con curiosidad—, pero te vas a casar tú sola o...

—No, no, para nada. Me voy a casar con Edgar Oriol —proclama a voz en grito mientras me mira como si fuese una estrella del Carnegie Hall—, me lo ha pedido él, por supuesto. Aunque la idea era en principio mía.

—Habéis ido muy rápido —le digo.

—¡Qué horror, el matrimonio! —Charry la mira y parece profundamente estremecido de pánico.

—¿Qué pasa? ¿Tuviste alguna experiencia matrimonial traumática, o qué? —Brandy lo interroga con el ceño fruncido.

—¿Que si la tuve? ¡Me casé, nena!, ¿qué más quieres que te diga? —responde él ante el pasmo de Coli, que permanece con la boca cerrada, calibrando los efectos secundarios que el matrimonio de Charry pueda haber producido en él a la hora de enfrentarse con nuevos enlaces conyugales—. Para mí, ves, el matrimonio es como el glutamato, una cosa sin la que, ves, puedo hacer perfectamente mi vida, tía.

Coli, a mi lado, da un trago nervioso y recita por lo bajo, tanto que sólo yo puedo oírla: «Alma mía, recobra tu calma, que el Señor es bueno contigo, alma mía, recobra tu calma, que el Señor escucha tu voz.» Después señala con el vaso a Charry y le grita.

—¡Cerdo! ¡Eso no me lo habías dicho!

Yo miro al hombre y hago un gesto de impotencia, él me lo devuelve y digo que quizá ya es hora de marcharnos.

Nos dirigimos hacia la acera con paso cansino. Coli se ha negado a pagar las últimas consumiciones y se queja amargamente de que ni siquiera los que ya han estado casados sienten la menor afición por el matrimonio.

—Si te arrepientes al final de casarte con Edgar, me pasas su número de teléfono, ¿vale, Brandy? —dice Coli, para gemir después, bajo los efectos del alcohol y la desilusión a partes iguales—: ¡Joder!, si es que se me acabará cerrando el chichi, de no usarlo; porque eso es una raja, ¿no?, ¡y como cicatrice...!

Cuando llegamos a casa, después de dejar a Coli en la puerta de la suya, encendemos tan sólo una lamparita en el pasillo para no despertar a mamá ni a Gádor y los niños. Todas nosotras le damos una palamadita a la perra, que gruñe con tibieza, dejándose acariciar.

Me introduzco en mi dormitorio como un ladrón y tanteo en las paredes y los muebles hasta que localizo mi cama. Oigo las respiraciones de Gádor y de Rubén. Hay un agradable olor en la habitación desde que el bebé duerme en ella; como a algo tierno, intacto y apacible. A veces la mezcla del olor de la colonia infantil y la caca de Rubén es el más dulce de los olores del mundo.

Cierro los ojos y ese mismo mundo que nos contiene, lleno de olores, sonidos, sabores y texturas desaparece a mi alrededor.

«La luz ajena, nocturno y luminoso ambiente de la tierra...»

32

Candela, ¡despierta! —Mi madre se inclina sobre mí y me zarandea sin piedad— ¿Es que no estás oyendo llorar al niño?

—Nooo..., no —respondo adormecida.

Rubén está berreando dentro de su cunita. Mi madre lo coge en brazos y lo estrecha contra su pecho, dando ligeros saltitos para calmarlo; él tiene la cara roja como consecuencia de la congestión y el llanto, y agita con fuerza los puños, reclamando atención y cuidados. Me resulta extraño oírlo llorar tan lastimosamente porque es un niño muy bueno, apenas se queja mientras le mantengan el estómago lleno y desocupado de gases, y el pañal seco. Hace unos pucheros muy afectados, toma un poco de aire, y renueva sus quejas con más brío y desesperación que antes.

—Está sucio... —dice mi madre después de mirarle el culete.

—¿Qué hora es, mamá? —pregunto levantándome de la cama a mi pesar. Me duele todo el cuerpo, siento como si alguien me hubiese raspado los huesos hasta descarnarlos, pero sobre todo me molesta la nuca, quizás he pasado la noche en una mala postura, descoyuntada sobre la cama. Después de los exámenes noto que el sueño atrasado me embota la cabeza y ralentiza los intercambios energéticos de mis neuronas. Necesito dormir un par de días seguidos, aunque recuerdo que esta mañana debo acercarme inmediatamente al banco a ingresar mi cheque. Noto cómo me espabilo de repente, y el esfuerzo me provoca una contracción de dolor sobre la frente.

—Son las diez y media. —Mi madre ya ha tumbado a Rubén encima de la cama deshecha donde duerme Gádor y le quita el pañal sucio sobre una mantita impermeable.

—¿Dónde está Gádor?

—No lo sé, pero esta criatura está hambrienta. Mira cómo se chupa los puños, pobrecito mío —le hace unos arrumacos a Rubén, que parece ir tranquilizándose conforme aumenta la atención de mi madre sobre su personita, y ahora sólo emite hipidos disgustados entre chupetón y chupetón a sus dedos blancos y gordezuelos.

—¿Dónde están Bely y Carmina y Brandy?

—Durmiendo; anoche llegasteis a las tantas, ¿no?

—No demasiado para lo que acostumbra la gente.

—¿Quieres ir a la cocina y poner el agua a calentar para el biberón?

—Mamá, que tengo prisa... Tengo que ir a hacer un recado urgente.

—Venga. Si tardas sólo un minuto, mientras yo cambio al chiquillo.

Voy a la cocina y doy los buenos días a mi abuela, que está sentada frente a un café con leche y dos churros; tiene una expresión malhumorada y me devuelve los buenos días con aire reconcentrado.

—Hoy es sábado, Candela —dice.

Sí, pero mi banco abre los sábados por la mañana también. Les encanta dar facilidades a quienes, como yo, desean poner en sus manos alguna cantidad de dinero de última hora.

—Ya. ¿Estás enfadada por algo? —Saco el agua de Rubén de la

nevera, la mido con un biberón y pongo lo justo en un vaso dentro del microondas, lo enciendo y espero un par de segundos. Luego lo saco y hecho el agua dentro del biberón, la agito para que la temperatura sea homogénea y después le añado con cuidado tres cucharadas de leche maternizada—. Pareces enfadada, abuelita.

—No, no estoy enfadada, pero me he cabreado con el de los churros —dice mientras los señala con la mirada—. Se cree que es muy gracioso, pero tiene la gracia de una almorrana que tuve yo de mocita.

Sonrío y muevo el biberón entre las palmas de mis manos.

—¿Por qué?

—Porque va y me dice, el escuerzo, que mira qué bien, que sólo me faltan un par de cuernos para parecer un chivo viejo.

—¿De verdad te ha dicho eso? Qué ordinario.

—Sí, pero yo lo he apañado. —La satisfacción de la venganza deja surcos nítidos por su cara—. Lo he puesto a caldo, al bestiajo. Se hace el guasón, pero conmigo no. Ya lo creo.

—¿Sí?

—Le he dicho que a él, pues mira, sólo le falta la barba para parecer lo mismo —sonríe con aire juguetón—. Y no veas cómo se ha puesto.

—¿Iba mamá contigo?

—Claro, si no llega a venir me mete en la freidora y me sirve con las porras, al peso.

—Madre mía.

—Luego ha empezado a decir que si era una broma, que si para acá que si para allá. Mira tú qué gracia.

—Voy a llevarle el biberón a mamá, que Rubén está hambriento. ¿Has visto a Gádor?

—No, habrá salido a por algo para el niño —se levanta y me coge el brazo con sus manos casi transparentes—. Esta noche nos toca la Primitiva, Candela. Hoy es sábado, y hay bote.

—Claro, abuela.

Salgo de la cocina y llego hasta mi habitación, le entrego el biberón a mi madre, que me pregunta si quiero dárselo yo al bebé. Digo que no con la cabeza y se ocupa ella de hacerlo, mientras lo arrulla tarareando algo sin sentido ni melodía definidos. Paula aparece en pijama por la puerta, chupándose el pulgar derecho y con el pelo despeinado.

—Carmina ronca —nos comunica solemnemente.

—Anda, vete a la cocina que la abuelita Marcela te pondrá la leche y las galletas, ¿vale? —le pido a mi sobrina.

—No, quiero que me las ponga la yaya Ela.

—Bueno, ahora voy, espérame en la cocina —dice mi madre.

Paula se va y yo me acerco al armario para sacar la ropa y mi bolso. Tal y como le dije, Gádor lo ha dejado dentro, sobre los cajones de los jerseys. Lo abro de espaldas a mi madre con intención de sacar el cheque, alisarlo, besarlo y volverlo a guardar hasta que lleguemos al banco.

Busco en su interior, abro el compartimento que tiene cremallera e introduzco mis dedos, con una gran sonrisa de placer hurgo los pliegues de la tela del forro, casi puedo notar cosquillas arrebolando de emoción las yemas de mis dedos ante su tacto. ¿Dónde estás, chiquitín, dónde está mi amor, el único que nunca va a abandonarme?

Tanteo con cuidado, para no arrugar mi adorado cheque con las prisas. Palpo y palpo con extrema delicadeza. Pero no lo encuentro. Vuelvo del revés el bolsillo, rebusco violentamente por todo el bolso, vacío todo su contenido sobre mi cama, ante los ojos reprobadores de mi madre. Sobre las sábanas caen lápices de labios, polvos para disimular los brillos de la cara, billetes de metro usados o a medio usar, una barra antiojeras, pelusas de origen indefinido, una pulsera de plástico, una pequeña agenda con cuadros estampados en las cubiertas, mis carnets de identidad y de conducir, un par de cerillas descabezadas y una larga serie de pequeños objetos no identificados. Pero ni rastro de mi cheque. Ni rastro.

En uno de los bolsillos exteriores encuentro un sobre cerrado y suspiro aliviada. Quizá Gádor ha metido dentro el cheque para mayor seguridad. Tal vez anoche lo vio y, pensando que tendría algo que ver con la contabilidad de mi antiguo jefe, ha preferido guardarlo dentro de un sobre cerrado, sacándolo de la pequeña bolsita de tela china donde yo lo había confinado, y del bolsillo interior con cremallera.

Rasgo el sobre con dedos nerviosos.

—¿Pero qué buscas? —pregunta mi madre— ¿Has perdido algún billete, o algo?

Digo que sí con la cabeza mientras saco el contenido del sobre. Hay una nota manuscrita, pero desde luego mi cheque no está dentro. Unas palabras garabateadas con una letra infantiloide y redonda, donde los puntos sobre las íes se convierten en una suerte de globos inflados o corazoncitos diminutos. La letra es de Gádor, forma un barullo de palabras y de frases mal construidas, la mayoría de ellas con faltas de ortografía, pero el mensaje es inteligible y rotundo como un golpe sobre la frente.

Me pide perdón por lo que ha hecho, en primer lugar. Después me dice que no sabe de dónde viene el dinero ni si me meterá en un lío llevándoselo, y me aconseja que diga —en caso de que pertenezca a la funeraria y el señor Oriol me pida explicaciones— que me lo han robado, porque es una verdad como un templo: se lo lleva ella y no piensa devolverlo, aunque le duele hacerme esto.

Dice que si puede cobrarlo se irá con él a algún sitio a tratar de sacar de la vida parte de lo que la vida ya le ha sacado a ella. Me recuerda algo que yo le dije alguna vez, y que más o menos puede resumirse en que ser rico no quiere decir ser necesariamente feliz, pero que ser pobre puede asegurarse con certeza que no lo significa en absoluto. Luego me suplica que, por favor, cuidemos a los niños de su parte, porque los quiere y le cuesta la sangre abandonarlos, igual que a todas nosotras. Se despide diciendo que tal vez un día volverá, y me pide otra vez perdón por lo que va a hacer.

En cuanto acabo de leer el trozo de papel corro hasta el teléfono en el pasillo.

—Candela, ¿pero qué te pasa? —me grita mi madre.

Al cabo de un minuto tengo al otro lado de la línea a don Haroldo que parece constipado, aunque de un humor excelente. Me asegura que ya han dado la confirmación al banco para que haga efectivo el cheque.

—A las ocho y treinta y siete de la mañana nos llamaron de la oficina para confirmar el pago a una señorita March Romero. Su abuela dijo que tenía cinco nietas, ¿no? Estaba claro que se trataba de una de ustedes. No vi el problema por ninguna parte —me explica con su característico tono pedagógico—. Su carnet de identidad era correcto, todo estaba en regla. ¿Hay algún inconveniente, pues?

—No, supongo que no —contesto yo—. Supongo que no. Lleva usted razón, era mi hermana.

—Buenos días, señorita March. Ya sabe usted que cualquier cosa que se le ofrezca...

33

Ya es de noche, y yo sigo negándome a hablar. Pienso; no dejo de pensar sobre todo esto. Sobre la felicidad, sobre el infortunio, la riqueza y la pobreza, la amistad y el odio, el padre y el amante, sobre la vida y sobre la muerte. Demasiadas cosas para una sola cabeza. Será por eso que pensar no me está sirviendo de nada.

Me he negado también a comer y me he pasado el día entero en pijama, sentada en el sofá del salón mirando la tele sin enterarme de lo que veía y oía—más o menos como siempre que la veo, todo hay que decirlo.

Cuando esta mañana le conté a mi madre que Gádor nos había abandonado, se echó a llorar como suele hacer en los momentos más delicados de su vida, justo cuando menos debería hacerlo. Llamó a la policía, despertó a mis hermanas, el histerismo cundió por la casa, la tía Mary bajó y Carmina subió a la niña a su piso, a la habitación de la abuela, para entretenerla y alejarla de la tensión del ambiente que se vive aquí.

Le he contado a mi madre que Gádor se ha ido con algún dinero que, le he dejado suponer, yo tenía ahorrado. Pero sin mencionarle la cantidad exacta; no quiero que sufra un infarto, bastante tiene ya con el soponcio que la huida de mi hermana le ha producido, y la triste evidencia de encontrarse con dos criaturas sin madre a las que habrá que sacar adelante como sea.

—Venga, mamá, a lo mejor vuelve —dice Bely, acariciándola con ternura—. Y si no vuelve, pues una boca menos. No ves que los teníamos que criar a los tres. Ahora sólo quedan dos. Anda, mami, anímate.

—Eso, y además por fin hay un hombre en casa —Brandy señala el bulto tranquilo y dormilón del bebé sobre el moisés, instalado en el salón, que suele guardar la perra dormitando debajo durante el día—. Y tú, Candela, qué karma más chungo tienes, tía, pero qué karma más chungo... ¿No será porque yo me voy a casar con Edgar y eso te está afectando?

—¿Con Edgar Oriol? — pregunta con timidez mi madre; sin ella quererlo sus llorosos ojos se iluminan con una pequeña llama de esperanza.

—Sí, quería decírtelo hoy, pero con este lío. —Brandy se levanta y da unas vueltas sobre sí misma, algo parecido a la acción de un astro rotando sobre su eje—. Me ha pedido que me case con él y le he dicho que sí, ¿he hecho bien?

—Estupendamente —asegura la tía Mary—. Ya que Candela no ha querido. Tú eres más lista, Brandy. Y no como tú, alma en pena —se dirige a mí—. Que estás sin trabajo, sin novio, sin oficio y sin...

—Dejadla en paz, ¿vale? —Carmina, la defensora del pueblo. Afortunadamente tiene los músculos suficientes para intimidarlas a todas y conducir las conversaciones de esta casa.

—No, si yo sólo decía...

—Si Dios pensara que el matrimonio es bueno Él mismo se habría casado; y no que, fíjate, buscó una madre de alquiler para su hijo, para evitarse los inconvenientes de una convivencia así como conyugal y eso, eterna —asegura mi hermana mayor—. Claro que en Su caso era mucha tela, ¡eterna, colega!, ¡nada de poder plantear el divorcio más o menos hacia la mitad de la eternidad!, ¿te imaginas?, ¡uagf!

—Pues yo me pienso casar con Edgar: es abogado, tendremos un buen nivel de vida y, cuando herede, ¡vacaciones en el Caribe! Tendremos niños rubios como él, y yo siempre estaré arreglada cuando mi maridito vuelva del trabajo. Además, a él nunca le faltará el trabajo, que es lo más importante. Y, por supuesto, yo no trabajaré nunca más.

—Sí, es verdad. Lo del trabajo es importante —dice mi madre, como meditando; seguramente aliviada porque dentro de nada habrá otra falda menos en la casa. Aunque también disminuirán un poco los ingresos mensuales con su ausencia.

—Enhorabuena, Brandy —dice la tía Mary.

—Ya lo creo —contesta ella.

De la cocina salen sonidos de la radio que está escuchando la abuela. Errecedeééé, noventa y cinco punto treeees.

—¿Está Paula dormida ya, Carmina? —pregunta mi madre, un tanto reconfortada ante la posibilidad de un matrimonio para una de sus hijas; si fracasa es ya otra cuestión para mamá que, en principio, no se plantea más que el presente; y quizás haga bien, después de todo.

—Como un tronco.

Le explicamos a Paula, sobre el mediodía, que su madre ha tenido que irse de viaje porque ha conseguido un trabajo muy bueno y muy bien pagado (¡y tanto!) y no sabemos con exactitud cuándo podrá volver a verla, pero que seguramente no tardará mucho (eso piensan mi madre y las demás, que volverá pronto, ¡ja!) y que entretanto se quedará con nosotras y seguiremos cuidándola a ella y a su hermanito con el mismo cariño de siempre.

La niña se siente segura en esta casa, mucho más de lo que se sentía en la de sus padres, y a pesar de su actitud un tanto escamada, poco después de darle las pertinentes explicaciones se ha puesto a jugar con sus muñecas como si, la verdad, no le importara demasiado saber cuánto tardará Gádor en volver.

Los niños se adaptan a todo, incluso a lo inaceptable, y eso me parece terrible e injusto, una salvajada de la naturaleza humana. Sí, me parece terrible.

Me levanto y me dispongo a salir de aquí.

—¿Dónde vas tú también, Candela?

—A mi cuarto —éstas son mis primeras palabras después de horas de reconcentrado silencio.

Tumbada sobre mi cama todavía sin hacer, en la oscuridad de la habitación sólo esclarecida por las luces agostadas que proceden de la calle, cierro los ojos y veo rular puntos de luz delante de mis iris, luces palpitantes, exóticas, irreales; luces que se expanden y desaparecen si me presiono los globos oculares, que caen desde un abismo y se pierden girando en busca de otro, que corren profundas e íntimas, que me duelen como pensamientos aciagos; luces que no son y son en el instante en el que yo las veo. Mágicas, volátiles, caducas, delicadas... Luces, luces flotando inagotables sobre la negrura que me ha caido como un manto en el alma.

De pronto oigo un sonido que parece chatarra despeñándose ladera abajo de un precipicio al borde del mar. Pongo más atención, abro los ojos, momentáneamente cegada y con todos mis sentidos alerta, hasta que descubro de dónde procede el ruido. El lugar exacto está situado entre mi ombligo y mi epiglotis.

Creo que me estoy riendo.

Es más: me estoy descojonando aunque no posea todos los recursos naturales necesarios para lograr tamaña hazaña. Sí, me río a carcajada limpia. Me mondo como una patata, emito risitas de perro, de hiena, de soldado borracho, de idiota que está contenta. Me río de mi hermana, de la riqueza y la pobreza, del caos, de la vida que nos regalan sin habernos preguntado antes, de los impuestos municipales, de mi colitis de hace unos días. Me río con franqueza, con entusiasmo, con una técnica exquisita. No creo que nadie sepa reírse tan bien como yo, en este continente al menos. Me río seriamente y con firmeza; soy una náufraga encantada de serlo en el mar de la risa. Tengo una crisis de risa. Me río de costado, de frente, de perfil, en decúbito y en postura sedente. Me río tanto que me tiro un pedo de la risa. Estoy delirando de risa. La risa me da un masaje en las meninges y me refriega los dientes. Mi risa es retrospectiva, aunque tiene vocación de futuro y desea lo venidero, se quedará hasta mañana, hasta pasado y al otro. Tiene trapío mi risa, no se disipará ni aunque se me acabe el aire que respiro. Ni cuando se me borre de la cara, ni cuando deje de reírme, ni cuando esparzan al viento mis cenizas me habré quedado sin risa. Ah, mi risa.

Para Epicuro, el sabio ante la necesidad sabe dar más que recibir propiamente. El sabio posee esa grandeza que es su autarquía. Quien es vencido gana si sabe aprender de la derrota, y el sabio es un alumno espabilado; y tampoco puede decirse que la riqueza, la comodidad o el éxito social liberen a las personas de la turbación de sus almas. De la turbación espiritual que sentimos en el fondo de nuestras almas no creo que nos libere nadie. Jamás. Ni nada. Aunque la risa suele hacerla, lo he comprobado, más llevadera y soportable.

—¡Candela, Candela!, ¿qué te pasa? —mi abuela entra en la habitación, sosteniendo un papelito entre una de sus manos—. ¿Estás llorando?

—No, abuelita. Estoy riendo.

—Ah, menos mal, porque así estarás de humor para la noticia que te traigo.

—¿Qué noticia?

—Pues que acabo de oír las noticias, Candela, por la radio.

—¿Y...?

—¡Y nos han tocado en la loto quinientos millones! Mira, he apuntado los números —me muestra el boleto de lotería y un trozo de periódico con algunos números garabateados con pulso tembloroso y trazos góticos bastante cursis—. Coinciden todos, y dicen que sólo ha aparecido un boleto ganador. El nuestro, claro. Hoy había bote, y como me diste las diez mil pesetas para hacer una múltiple, ha habido suerte. ¡Estarás contenta, maja!

Enciendo la luz de la lamparilla de noche y la contemplo con ternura, en silencio. Las dos tenemos una sonrisa en la boca que hace más confortables nuestros rostros.

—No se lo he dicho a las demás por si la tía Mary me quita el boleto y sale corriendo, como ha hecho Gádor.

—Has hecho bien, abuelita. Aunque tendremos que decírselo a todas ellas cuando cobremos —le sigo la corriente.

—Sí, cuando el dinero esté ingresado y no se pueda desingresar. Toma, guárdalo tú.

—No, guárdalo tú. Lo guardarás mejor.

—¿Es que acaso no te crees que nos ha tocado, o qué? —La abuela se levanta del borde de mi cama, ofendida por los rastros de suspicacia que parezco desprender—. Vente ahora mismo al salón. Lo van a dar también por la tele, dentro de cinco minutos. ¡Somos millonarias! ¡Tú y yo!

La miro conmovida, con cariño. ¿Y si dice la verdad? Es cierto que jamás tiene ataques de fantasía cuando se trata de jugar a la loto. La vida es para ella un juego, dice que existen tantas posibilidades de ganar como las hay de perder. Cree en la casualidad, lo único que no parece haber sido sometido aún a rígidas normas que estructuren y expliquen racionalmente su metabolismo funcional. Mi abuela cree, sin ella saberlo, en el caos, en la entropía del universo. En lo único en que es posible creer en estos tiempos.

¿Y si dijera la verdad? ¿Y si soy millonaria, después de todo? ¿Qué haré cuando se cumplan mis deseos? ¿Tendré más deseos, o serán los mismos que, al fin y al cabo, no he podido saciar del todo, o que ya eran insaciables sin que yo pudiera sospecharlo? ¿Podré ir en busca de mi padre, el último hombre salvaje que me consta como tal sobre la faz de la Tierra? ¿Y por qué tendría que buscar a mi padre, cuando él nunca se ha preocupado de buscarme a mí? ¿Para matarlo? Para mí ya llevaba dieciocho años muerto. ¿Para resucitarlo? Nunca he creído en la resurrección ni de la carne, ni de las ideas, ni de los afectos; eso lo aprendí en la funeraria. ¿Entonces...? ¿Por qué buscar y no limitarse simplemente a encontrar?

Pero, ¿y si mi abuela está equivocada? Su vista no es buena, y su oído tampoco; es posible que, a pesar de que prestara toda su atención, se le haya escapado algún número. ¿Será difícil consolarla del desengaño? No lo creo, le daré mis últimas diez mil pesetas y le diré que vuelva a jugar, que tocará la próxima vez. Y quizás así sea, ¿quién sabe?

También puede que yo haya conseguido aprobar todos los exámenes y obtenga por fin mi título de licenciada universitaria en Ciencias Biológicas; que a pesar del paro lacerante encuentre un trabajo en la bioindustria genética y logre ser, contra la desesperanza de mi tía Mary y la mía propia, una mujer de carrera, la primera Glaser de mi barrio, y sobre todo de mi familia.

¿Quién sabe, eh? ¿Quién puede saberlo? ¿Quién quiere saberlo?

La abuelita me tira de la mano para conducirme frente al televisor y tomar nota juntas de los resultados del sorteo. Así comprobaré que es cierto, me asegura entre gruñidos amistosos.

Antes de salir de la habitación pienso de nuevo en Gádor. Espero que esté bien allí donde haya ido, y que lo disfrute a su manera. Es mi hermana, la quiero, y ella a mí también. Eso lo sé, forma parte de mi conocimiento sobre el mundo, de mi patrimonio.

Pero, después de todo, no es más sabio quien más conocimientos acumula a lo largo de su vida, medito con una sonrisa, sino aquel que mejor utiliza los que tiene, aunque sean pocos.

—Vamos, quiero que lo veas de una vez, al fin —insiste la abuelita—. Acabarás por verlo tú misma, por fin. ¡Hoy es el fin de nuestras preocupaciones!, por lo menos de unas cuantas... ¡El fin, Candela, por fin!

¿Por fin?, me pregunto para mis adentros mientras la sigo hasta el salón con paso seguro, ¿por fin...?, ¿el fin? ¡Como si los finales existieran, abuela!

Y si existieran, como si importaran.

El cosmos más hermoso es un montón
de residuos reunidos al azar.

Heráclito (Teofrasto)